岩波文庫

32-205-10

# から騒ぎ

シェイクスピア作
喜志哲雄訳



岩波書店

Shakespeare

# MUCH ADO ABOUT NOTHING

1598-99

# 目次

# から騒ぎ

# 登場人物

軍人たち

ドン・ペドロー　アラゴンの領主
ドン・ジョン　ドン・ペドローの異母弟
ベネディック　パデュアの貴族
クローディオー　フローレンスの貴族(伯爵)
バルサザー　ドン・ペドローの従者(楽師)
コンラッド　ドン・ジョンの仲間
ボラーチオー　ドン・ジョンの仲間

貴族

メシーナ知事の屋敷

レオナートー　メシーナの知事
アントーニオー　レオナートーの弟
ヒーロー　レオナートーの娘
ベアトリス　レオナートーの姪
マーガレット　ヒーローの侍女
アーシュラ　ヒーローの侍女
少年　ベネディックの従僕

メシーナの町の人々

修道僧フランシス
ドグベリー　警察署長
ヴァージス　警吏
夜警たち
ジョージ・シーコール　夜警
ヒュー・オートケイク　夜警
フランシス・シーコール　墓守

その他

使者たち
従者たち
楽師たち

# 第一幕第一場

〔メシーナの知事レオナートー、彼の娘ヒーロー、彼の姪ベアトリス、使者が登場する〕

**レオナートー**　この書状には、アラゴンのドン・ペドロー殿が今夜メシーナ[1]へ来られるとある。

**使者**　今頃はもうそのあたり。お別れした時には、ここから三リーグ[2]足らずのところにおいででした。

**レオナートー**　身分ある者をどれほど失ったな、このたびの戦さでは？

**使者**　身分を問わずほんの数人、名のある方は皆無でした。

**レオナートー**　全員凱旋なら、勝利は二倍になる。この書状には、ドン・ペドロー殿はクローディオーなるフローレンスの若者に多大の栄誉を与えられたとあるな。

**使者**　それだけの手柄があったゆえ、ドン・ペドロー様もしかるべく報われたのです。

その方は若輩ながら思いもよらぬ奮戦ぶり、仔羊のすがたで獅子の働きをされました。人々の期待をいやが上にも上回るその様子、それを語るように期待されても、私にはできかねます。

レオナートー　その者にはこのメシーナに叔父がいる、さぞ喜ぶであろう。

使者　そのお方には、すでに書状をお届けしましたが、たいそう喜ばれ、と申すより、喜びが過ぎてははしたないゆえ、悲しみのしるしでそれを飾られたほどでした。

レオナートー　つまり、涙を流したと？

使者　それも滂沱《ぼうだ》と。

レオナートー　自然な情の自然な発露だ。涙で濡れた顔ほど、真心をあらわすものはない。喜んで泣くほうがずっといいものだ、泣きながら喜ぶよりも！

ベアトリス　すみません、上突き様(3)は戦さからお戻りになったでしょうか？

使者　そういう名の方は存じません。わが軍には、身分を問わず、そういう方はおられませんでした。

レオナートー　誰のことを言っているのだ、これ、姪よ？

ヒーロー　従姉《いとこ》が言ってるのは、パデュアのベネディック様のことよ。

使者　ああ、その方ならお戻りです、しかも相変わらず上機嫌で。
ベアトリス　あの方はこのメシーナで方々《ほうぼう》に果たし状を掲げ、キューピッド(4)に弓矢の勝負を挑んだことがあります。果たし状を読んだ叔父様の道化がキューピッドの肩をもち、相手をしよう、ただし武器は子供用の弓矢とすると宣言したのです。ところであの方は、この戦さでは何人殺して食べてしまわれたのでしょう? 殺したのは何人? だって、あの方が殺した敵はみんな食べる(5)と約束したのだから、私は。
レオナートー　これ姪よ、それではベネディック殿に酷であろう。もっとも、先方もそなた相手ならいい勝負をするに違いないが。
使者　あの方は立派な手柄を立てられましたよ、お嬢様、この戦さでは。
ベアトリス　兵糧に黴《かび》が生えたので、精一杯それを片づけた、そういうことですね。あの方は勇気満々の大食漢、胃袋が丈夫なのです。
使者　その上、有能な兵士です、お嬢様。
ベアトリス　その上、有能な兵士です、相手が女なら。でもどうなのでしょう、相手が殿方なら?
使者　殿方に対しては殿方、男に対しては男、あらゆる美徳が詰まったお方です。

ベアトリス　その通り、確かに色々なものが詰まっています。でもその中身は――いや、よしましょう、私どもは皆、いずれは死ぬ身なのだから。
レオナートー　姪のことを誤解しないでいただきたい。ベネディック殿と姪とは、陽気な小競りあいに耽《ふけ》る仲でしてな。逢うと必ず機知合戦が始まります。
ベアトリス　でも、あの方にはまったく勝ち目がないのです。この間の勝負の折には、あの方の五感のうちの四つが働かなくなり、今では残るひとつで全身を支える始末、だからもしもわが身が冷えないようにしている知恵があるなら、自分と自分の馬との違いのしるしにその知恵をひけらかすことですね。だって、自分が理性のある生きものであることをひとに示す根拠は、もうそれしかないのだから。あの方の今のお仲間はどなた？　月が変わるたびに、新しい義兄弟をお作りになる人なのです。
使者　まさかそんなことが？
ベアトリス　それが大あり。あの方にとっては、友情は帽子の型と同じで、流行が変わったら相手も変わるというわけです。
使者　どうやらあの方のお名前は、お嬢様の手帳には載っていないようで。
ベアトリス　そうですとも。もしも載っていたら、書斎をそっくり焼き払ってしまいます。でも、あの方のお仲間はどなた？　あの方と一緒なら悪魔のもとへでも行こうという、威勢のいい若者はいないのかしら？

使者　あのお方は、もっぱらクローディオーという貴族と一緒におられます。

ベアトリス　まあ、その方にとっては病気に取りつかれたようなものね！　疫病よりも簡単にうつるし、うつされた方はたちまち気が狂ってしまう。神様がそのクローディオー様をお守りくださるように！　もしも悪魔に取りつかれてベネディック病(6)に罹《かか》っているなら、千ポンドも出さないと治らないでしょうよ。

使者　私はお嬢様とは仲良くすることにしましょう。

ベアトリス　それがいいわ。

レオナートー　そなたが気が狂うことはないのだろうな。

ベアトリス　ええ、暑い一月がやってくるまでは。

使者　ドン・ペドロー様のお着きです。

〔ドン・ペドロー、クローディオー、ベネディック、バルサザー、庶子ドン・ジョンが登場する〕

ドン・ペドロー　これはレオナートー殿、わずらいの種を迎えにこられたのか？　今の世では出費を避けるのが習い、ところが貴殿はそれを歓迎なさる。
レオナートー　わずらいの種が御領主のようなすがたでわが家へ来たためしはありません。と申すのも、わずらいの種が去ったら、慰めが残るはず、ところが御領主が立ちさられると、悲しみが留まり、幸せがすがたを消すからです。
ドン・ペドロー　物入りを進んで歓迎されるのだな。こちらは貴殿の娘御のようだが。
レオナートー　この子の母親が、何度もそう申しておりました。
ベネディック　疑っておられたのですか、お訊ねになったとすると？
レオナートー　それは違う、ベネディック殿、貴殿はその頃はまだ子供でしたからな。(7)
ドン・ペドロー　やりこめられたな、ベネディック。これで、男となったそのほうのありようが分るというものだ。いやまったく、娘御は父親に生き写しだ。喜ばれるがいい、立派な方が父親なのだから。
〔ドン・ペドローとレオナートーは人々から離れて話をする〕
ベネディック　レオナートー殿が父親だとして、娘のほうでは、親の頭をそのまま自分の肩の上に載せるのは願いさげだな、たとえメシーナの町をそっくりやると言われても。生き写しというのも考えものだ。
ベアトリス　いつまでもしゃべり続けるつもりなの、ベネディックさん。誰も聞いてはいないわ。
ベネディック　おや、侮蔑の女神ではないか！　まだ生きておいでだったか？
ベアトリス　侮蔑が死ぬはずはないでしょう、ベネディックさんという手頃な餌食がいるというのに？　礼節の女神も変身して侮蔑となりましょう、あなたが近寄ってきたら。
ベネディック　それなら礼節の女神は浮気者だ。だが、確かに私はあらゆる女性《にょしょう》に愛される、あなたは別だが。そこで思うのは、自分がこれほどかたくなでなければいいということ、だって誰ひとり愛する気にはならないのだから。
ベアトリス　ちょうどよかった、女にとっては――だって、性悪な男に口説かれずにすむのだから。ありがたいことに私も冷たいたちで、つまりその点ではあなたと同じ。飼い犬がカラスに向かって吠えるのを聞くほうが楽しいのだもの、男に愛を誓われるよりも。
ベネディック　どうかずっとそういう気分でいてもらいたい。さもないと、どこかの男が顔を引っかかれる定めとなるに違いない。

ベアトリス　引っかかれたら見栄えが下がるってこともないでしょうよ、それがあなたのような顔なら。

ベネディック　なるほど、オウムの訓練なら名人(8)だな、あなたは。

ベアトリス　私のようにしゃべる鳥は、あなたのようにしゃべるけだものより上等よ。

ベネディック　私の馬があなたがしゃべるように速くて、しかも息が続くようであってほしいね。どうぞその調子で。私はこれで失礼する。

ベアトリス　あなたはいつも逃げ足の速い悪い馬のように話を終えるのね。昔から分ってた。

ドン・ペドロー　話はそれだけだ、レオナートー殿。〔一同に向かって〕クローディオー殿、それからベネディック殿、わが友レオナートー殿は、全員を客として招待してくれた。では少なくともひと月は滞在しようと私が言うと、何かの事情でもっと逗留してほしいと心から望む旨の返事があった。誓って言うが、この方は口先だけの人物ではない、本気でそう言っておられるのだ。

レオナートー　誓ってくださるなら、御領主様、私もその誓いが嘘になるようなことはいたしません。〔ドン・ジョンに〕よくいらっしゃいました、兄君と和解された由。
私も今後は御意に従います。

ドン・ジョン　ありがとう。多くは言わぬ、ただありがとう。

レオナートー　〔ドン・ペドローに〕御領主様、お先にどうぞ。

ドン・ペドロー　お手をどうぞ。一緒に参ろう。

〔ベネディックとクローディオーを除いて、一同は退場する〕

クローディオー　ベネディック、レオナートー殿の娘御に目を留めたか？

ベネディック　目を留めはしないが、顔は見た。

クローディオー　つつましやかな娘御ではないか？

ベネディック　その問いだが、おれを正直な男と見て、単純明快な答えを求めているのか？　それとも、普段通りの答えをしろというのか、自他ともに認める女嫌いとして？

クローディオー　いや、冷静な判断を聞かせてほしいのだ。

ベネディック　なるほど、思うにあの娘御は背が低くて高々とほめるわけにはゆかぬ、肌の色が地味だから派手にほめることもできない、それに小柄だから大仰にほめるのも無理だ。どうしてもほめろと言われるなら、今のありようが変わったら美人ではなくなる、だが今のありようはおれには気に入らない、そういうことだな。

クローディオー　ふざけて訊ねていると思うのか。頼む、あの方をどう思うか、真面目に答えてくれ。

ベネディック　金で買う気なのか、そうやって詮索するとは？

クローディオー　金で買えるものか、あれほどの宝石が。

ベネディック　わけはない、それに箱までついてくる。だがこの話、本気なのか？　それとも、悪ふざけに耽って、キューピッドは目が利くから獲物の野ウサギを見つけるのは得意だ、ヴァルカンは腕のいい大工(9)だなどと言うつもりなのか？　さあ、おれはどんな音を出せばいいのだ、君の歌に合わせるには？

クローディオー　おれに言わせれば、あれほど麗しい淑女は見たことがないのだ。

ベネディック　おれはまだ眼鏡なしでものが見えるが、そういう女は目に入らないぞ。あの娘には従姉がいて、ひどく怒りっぽいが、そうでなければ、はるかに美人だ、さながら五月一日が十二月末日にまさるように。だが、まさか君は妻帯者になるつもりではあるまいな――え？

クローディオー　確かにそうはならないと誓ったが、自分でも分らなくなった、ヒーローが妻になってくれるのなら。

ベネディック　そういうことになったのか？　まったくこの世にはひとりもいないのか、帽子をかぶっても、変な目で見られずにすむ男は(10)？　六十歳にしてなお独身という男には二度と逢えないのか？　よし、好きにしろ。どうしても軛《くびき》に首を突っこみたいのなら、首筋に傷をつけ、溜息をついて日曜を過ごす(11)ことだ。おい、ドン・ペドローが君を探しに戻ってきたぞ。

〔ドン・ペドローが登場する〕

ドン・ペドロー　何か密談でもあったのか、一緒にレオナートーの館へ行かなかったではないか？

ベネディック　どうかお命じください、返答しろと。

ドン・ペドロー　よし命令する、そのほうの忠節の念にかけて。

ベネディック　この通りだ、クローディオー殿。このおれは、口が利けぬ男のように口が堅くもなれるんだ。本当だぞ。だが、忠節の念にかけてときた——いいな、忠節の念だ——この者は恋をしております。では相手は？ これが殿の台詞です。答えはただ一言、それ、ヒーローです、レオナートーの小柄な娘の。

クローディオー それが事実なら、そういう答えになるのだろうな。

ベネディック 昔話の文句(12)同様です、殿。それ、「そうではない、またそうではなかった、だがまったくもって、そうならないでほしい！」

クローディオー おれの情熱がすぐに変わったりしないなら、どうかこのままであってほしい。

ドン・ペドロー 同感だ、そのほうがあの人を愛しているなら。と言うのも、あれは立派なご婦人だからな。

クローディオー 私に本音を吐かせようとしておられるのですね。

ドン・ペドロー いや、私は本心を述べたまでだ。

クローディオー それなら、私も同じことをしたまでです。

ベネディック お二人のそれぞれへの信義にかけて、私も同じことをしたまでです。

クローディオー あの人を愛している、と私は感じております。

ドン・ペドロー　あれは立派なひとだ、私には分っている。

ベネディック　私は、あの人が愛するに足ると感じてもいないし、立派なひとであることが分ってもいない。この判断、火で焼かれても溶けはしません。そう、捨てはしません、たとえこの身が火あぶりになっても。

ドン・ペドロー　そなたは昔から、異教徒さながら、(13)あくまでも美を敵視する男だったな。

クローディオー　その信念も、あれほどの強情さがなければ、持ちこたえられなかったでしょう。

ベネディック　女が私を懐胎してくれた、それはありがたいと思います。女が私を育ててくれた、それも心から感謝します。だが額《ひたい》に生えた角笛を吹き鳴らしたり、そいつを目に見えぬ帯にぶら下げたりするのは、世のすべての女性《にょしょう》に勘弁してもらいたい。どなたかを疑って女性全体に非礼を働くのは不本意ゆえ、女性は誰も信じないことにして自らに対して礼をつくしたい。つまるところ――つまりは身だしなみに気を使うためにも――私はひとり者でいたいのです。

ドン・ペドロー　いや、いずれは目にすると思うがね、そのほうが恋をして色青ざめるのを。

ベネディック　腹立ち、病い、空きっ腹ならともかく、恋で色青ざめることはありません。私が恋をして血を失いすぎて、酒を飲んでも取り戻せないという事態にでもなったら、戯《ざ》れ歌《うた》の作者のペンで私の両の目をえぐり、私の身体を女郎屋の入口に吊るしてください、目が見えぬキューピッドの看板(14)の代わりに。

ドン・ペドロー　だがその信念を貫けなかったら、さぞ人の口の端《は》に上るだろうな。

ベネディック　もしそうなったら、私を猫さながらに籠の中に吊るし、矢を射かける(15)がよろしい。命中させた者がいたら、肩を叩いて弓矢の名人アダム(16)とお呼びになることです。

ドン・ペドロー　まずは様子を見よう。「猛牛もいずれは軛《くびき》にかかる」という諺(17)もあることだ。

ベネディック　猛牛ならそうかもしれません。だが、ものの分ったベネディックが軛にかかったりしたら、牡牛の角を引きぬき、わが額に差しこんでください。そして、私のぶざまな絵姿を描かせ、「馬の御用はこちら」という看板のような大きな文字で、わが画像の下にこう書かせていただきたい――それ、「ご覧に入れまするは、女房もちのベネディック」と。

クローディオー　そんなことになったら、角がらみ、骨がらみの病人だ。

ドン・ペドロー　いや、キューピッドがヴェニス中の矢を使い果たしていなければ、そのほうは間もなく震えるようになるだろう。

ベネディック　そうなれば、地震が起こるでしょう。

ドン・ペドロー　いや、時とともにそのほうの震えもおさまるだろうな。それはそれとして、ベネディック殿、レオナートーの館へ赴き、それがしからよろしくと伝えていただきたい、食事には必ず伺いますとも。何しろ先方は手間をかけて準備してくれたのだからな。

ベネディック　そういう御用なら遺憾なく務めましょう。では、お二人を――

クローディオー　「神がお守りくださらんことを。わが家より」――もしもわが家ありせば――

ドン・ペドロー　「七月六日(18)、親愛なる友ベネディックより」。

ベネディック　いや、悪ふざけは御免です。その言葉遣い、まるで端切《はぎ》れで飾り立てた服同然だ、しかもしっかり縫いつけてはいないから、端切れは今にも落ちそうだ。

これ以上決まり文句をひけらかすのはやめて、落ち着いたもの言いをなさることです。ではこれにて。〔退場する〕

クローディオー　御領主様、お力にすがりたいことがあります。

ドン・ペドロー　私の力が及ぶことなら何なりと。何が望みか。

私の好意はそなたのものだ。

どれほど厄介なことでも引き受ける気でいるぞ。

クローディオー　レオナートーには男の子がありますか？

ドン・ペドロー　子供はヒーローひとり、あの娘が唯一の跡継ぎだ。

あの娘が好きなのか、クローディオー？

クローディオー　ああ殿様、

すでに終わったこの戦さのため出陣された時、

私は軍人のまなこであの娘を眺め、

好意をもちましたが、もっと荒々しい務めが控えていることとて、

好意を高めて愛情に変えるには至りませんでした。

だがこうして凱旋してみると、戦さの思いは

消え去り、そのあとを
埋めつくしたのは穏やかでやさしい望み、
若いヒーローがいかに麗しいかを私に向かって説き、
出陣する前からお前はあの人が好きだったと告げるのです。

ドン・ペドロー　その分だと、たちまち恋する男となり、
長広舌で相手を悩ませることになりそうだな。
麗しいヒーローを愛しているのなら、その思いを大事にすることだ、
私はあの娘、それから父親に事情を打ち明けよう、
これで娘はそのほうのものとなろう。つまり、そのためだったのか、
ああやって手のこんだ物語を始めたのは？

クローディオー　本当にやさしく恋の仲立ちをしてくださいます、
顔色を見て恋の悩みを理解してくださるのですね！
だが私は自分の恋心があまりにも唐突に見えるのを恐れて、
もっと長い話にしてやわらげるつもりでした。

ドン・ペドロー　川幅より長い橋が要るものか？

ものごとは必要を満たすならそれでいい。
何であれ、役に立てば十分なのだ。よし、そのほうは恋をしている、
それを癒す手だてを与えようではないか。
今夜は祝宴が催されることになっている。
私は変装してそなたになり、
麗しいヒーローに向かって私はクローディオーだと告げよう。
そして思いのたけをひそやかに打ち明け、
あの娘をとりこにするのだ、
それ、色めいた物語の力によって。
そして今度は父親に事情を告げる。
つまるところ、これで娘はそなたのものになるというわけだ。
さあ、この企て、すぐにも実行に移そうではないか。

〔二人は退場する〕

## 第一幕第二場

〔レオナートーと、彼の弟で老人のアントーニオーが登場する〕

**レオナートー**　これはアントーニオー、どこにいる、私の甥は、そなたの息子は？(19) 音楽の手配はしてくれたかな？

**アントーニオー**　息子は懸命にやっているところだ。だが兄さん、おかしな話があるんだ、夢にも考えたことがないような話が。

**レオナートー**　いい話か、それは？

**アントーニオー**　何とも言えないが、いい話のように見えはする。見かけはもっともらしいのだ。御領主とクローディオー伯爵がわが家の果樹園の茂みにおおわれた小道を歩きながら話しているのを、さる召使が立ち聞きした。その話とはこうだ。御領主は私の姪、つまり兄さんの娘に懸想している旨をクローディオーに打ち明けて、今夜の舞踏会の折に思いを明かすつもりだと言われた。そして、相手が色よい返事をしたら、時を移さず、それを兄さんに告げると、こうなのだ。

**レオナートー**　その話をした男、思慮分別をそなえているのか？

**アントーニオー**　頭の回転の速い人物だ。そうだ、呼びつけよう。じかに話を聞いて

くれ。

レオナートー　いやいや、夢としておこう、まこととなるまでは。だが娘の耳には入れておこう、どんな返事をするか、心づもりも必要だろうから。いや、この話が本当だとすればだが。さあ、娘にこの話をしておいてくれ。

〔アントーニオーは退場する〕

〔従者たちが登場し、舞台を横切る〕

やあ、皆の衆、自分の務めは分っているな。すまない、一緒に来てくれ、手を貸してほしいことがある。気をつけてくれよ、何かと面倒だが。〔一同は退場する〕

## 第一幕第三場

〔ドン・ペドローの腹違いの弟ドン・ジョンと彼の仲間コンラッドが登場する〕

コンラッド　いったいどうなさいました！　なぜ、とめどもなく沈んでおられるのです？
ドン・ジョン　その原因がとめどもない、だから悲しみも際限がないのだ。
コンラッド　理性の声に耳をかさねば。
ドン・ジョン　では、耳をかしたとして、それが何になる？
コンラッド　すぐさま癒されなくても、辛抱できるようにはなるでしょう。
ドン・ジョン　どうやらそなたは――自分でも言う通り、土星の下に生まれ(20)ながら――不治の病に罹っている者に説教という薬を与えようとしているようだな。己のすがたを隠すことはできない、おれには。理由があれば悲しくなる、どんな冗談を聞いても笑いはしない。食欲があればものを食う、他人の都合に合わせたりはしない。眠くなったら寝る、ひとが働いていようと知ったことか。愉快なら笑うが、不機嫌なやつがいても、機嫌を取ったりはしない。
コンラッド　そうです、しかし好き勝手のし放題というのも考えものです、大丈夫という保証がない時には。近頃、旦那様は御兄君《おんあにぎみ》に刃向かわれましたが、やっと御兄君がまた目をかけてくださるようになりました。この境地にしっかり根を下ろすつもりなら、自分で上天気を作り出さねばなりません。収穫を得るためには、季節の流れを自分で決めねばならないのです。
ドン・ジョン　おれは生垣の野薔薇でいたいのだ、兄に目をかけられて咲く薔薇よりも。人みなに蔑《さげす》まれているほうが性分に合う、振舞いに気を使って人に好かれようとするよりも。そうなれば、阿諛追従《あゆついしょう》をこととする正直者とは言えないが、単刀直入の悪党となることは間違いない。今のおれは、信用され解放されているようだが、実は口輪と足枷をはめられている。だから、鳥籠の中で歌うのはやめることにした。口輪を外されたら、嚙みついてやる。自由の身になったら、好きなことをする。今のところはこのままでいさせてくれ、おれを変えようなどとするな。
コンラッド　そのご不満を利用することはできないのですか？
ドン・ジョン　利用なら十分している。他にすることがないのだからな。や、何者だ。

〔ボラーチオーが登場する〕

何ごとだ、ボラーチオー？
ボラーチオー　あちらの大宴会を抜けてまいりました。御兄君はレオナートーから至れり尽くせりのもてなしを受けておられます。それから、さる縁組の話が持ちあがっております。

ドン・ジョン　それは悪事の材料になりそうか？　どこの愚か者だ、わざわざ落ち着かぬ暮らしを迎え入れようとしているのは？

ボラーチオー　それが実は、御兄君の右腕。

ドン・ジョン　なに、伊達男のクローディオーか？

ボラーチオー　いかにも。

ドン・ジョン　よくできた男だ！　相手は誰だ、誰なのだ？　やつが狙っているのは？

ボラーチオー　それが実はヒーロー、それ、レオナートーの跡取り娘。

ドン・ジョン　生意気な小娘だ！　どうやって知った、この話を？

ボラーチオー　香を焚く役を仰せつかりまして、黴臭い部屋で仕事をしておりますと、そこへやってきたのが御領主とクローディオー、手を取り合って何やら密談中、私は急いで壁掛けの裏側に身を潜め、話を聞きました。すなわち、御領主が自分のためにヒーローに求愛し、ものにしたら、クローディオー伯爵にお下げ渡しになるという段取りになりました。

ドン・ジョン　よし、あちらへ行こう。これはおれの機嫌を直す助けになるやもしれぬ。あの成り上がりの若造は、おれを倒してその手柄をひとり占めにしやがった。あいつの邪魔をすることができたら、おれとしては大満足だ。そなたら二人、力を貸してくれるな？

コンラッド　はい、命に賭けても。

ドン・ジョン　大宴会に顔を出そう。おれが沈んでいると、それだけやつらは盛り上がる。料理人がおれと同じ思いでいたらいいのだが。さあ、あちらで手だてを探ることにしよう。

ボラーチオー　お供いたします。

〔一同は退場する〕

# 第二幕第一場

〔レオナートー、彼の弟アントーニオー、彼の娘ヒーロー、彼の姪ベアトリスが登場する〕

**レオナートー**　ジョン伯爵は晩餐に来られなかったのか？

**アントーニオー**　見かけなかったな。

**ベアトリス**　本当に無愛想な人ね！　あの人の顔を見ると、必ず一時間は気分が悪くなる。

**ヒーロー**　ひどい憂鬱症なのよ。

**ベアトリス**　あの人とベネディックを足して二で割ったら、すてきな男ができあがるわ。ひとりはまるで彫刻のように押し黙ってる。もうひとりは甘やかされた子供のようにしゃべりづめ。

**レオナートー**　すると、ベネディック殿の舌の半分をジョン伯爵の口に入れ、ジョン伯爵の憂鬱の半分をベネディック殿の顔につけ――

ベアトリス　そして叔父様、恰好のいい脚、それにお金でふくらんだ財布があれば、その殿方はどんな女でも選り取り見取り――もちろん女のほうにその気があればだけれど。

レオナートー　まったくもって、そなたが夫を手に入れるのは無理だ、そんなに口が悪くてはな。

アントーニオー　そうだ、ひどすぎる。

ベアトリス　ひどすぎるのは、ただひどいよりももっとひどいってことですね。それで神様のお手間が省けます。ほら、「神は暴れ牛には短い角《つの》を賜る」という言い方があります。でも度外れた暴れ牛には、角はいっさいくださいません。

レオナートー　つまり、そなたがあまりにひどすぎるから、神は角をくださらないというのだな。

ベアトリス　その通り、神が私に夫をくださらなければ。この有難い幸せについて、私は跪《ひざまず》き、朝な夕な神様にお礼を申しております。神様、顔に髭のある夫は我慢できません！　毛布にくるまれて寝るほうがましです、と言って。

レオナートー　髭のない夫にめぐりあうかもしれないぞ。

ベアトリス　どうしたらいいのですか、そんな男は？　私の服を着せて侍女にでも？　髭の生えた男はもう若者ではない、そして髭のない男はまだ男ではない。もう若者ではない男は私の気に入らない。そしてまだ男になってはいない男には、私は気に入られない。そんなわけで、動物の見世物をやってる男から六ペンスの手付けを貰っておき、その男が飼ってる猿を地獄へ案内[1]しましょう。

レオナートー　すると、地獄に堕ちる気でいると？

ベアトリス　いいえ、私はほんの門口まで。そこには、老人の寝取られ男さながら、頭に角が生えた悪魔がいて、こう言うのです、「天国へ行くんだ、ベアトリス、天国へ。ここは生娘の来るところじゃない！」そして私は猿たちを引き渡し、天国の入口にいる聖ペテロ様のもとへ。聖ペテロ様はひとり者が暮らす場所へ私を案内してくださる、そして私どもは長い日を楽しく暮らすというわけです。

アントーニオー　〔ヒーローに〕だが、そなたは父親の言いつけに従うのだろうな。

ベアトリス　それはそう、従妹は一礼して、「お父様、お言いつけに従います」と言うことになっています。でもそれはそれとして、見目麗しい相手を選ばなくてはだめよ。それが無理なら、もう一度礼をして、こう言うの、「お父様、私は自分の言いつけに従います」と。

レオナートー　いや、いつかそなたが夫をあてがわれるのを見たいものだな。

ベアトリス　無理ですね、神様が土以外の材料で男を作ってくださるまでは。女にとっては悲しいことでしょう、勇ましい土の塵[2]に主人顔をされるのは？　罪深い粘土の塊に生涯をゆだねるのは？　御免です、私は。アダムの子孫は私の兄弟、親族と縁組するのは罪になります。

レオナートー　娘よ、私の言いつけを忘れるのではないぞ。御領主からそういうお求めがあったら、分っているな、どんな返事をするかは。

ベアトリス　音楽のせいなのよ、もしも御領主がしかるべき時に口説いてくださらないようなら。かりにせっかちに口説いてこられたら、何事にもほどがございますと申しあげて、答えは踊りで示すことね。だってヒーロー、求婚、結婚、それに後悔は、スコットランド風のジグ、宮廷舞踊、そして五拍子の跳んだりはねたり[3]のようなもの。ほら、求婚は熱に浮かされ無我夢中、まるでスコットランドのジグでしょう。結婚は節度をわきまえた宮廷舞踊、華麗でしきたりに従っている。お次の後悔では、利かぬ脚で激しい動きをこなそうとし、速度を上げすぎて最後は墓場に落ちるのよ。

レオナートー　ずいぶん意地の悪い見方だな。

ベアトリス　目は利くほうですよ、私は、だって昼の光で教会が見えるほどですもの。(4)

レオナートー　〔アントーニオーに〕踊りの衆がお見えだ。そこを空けてさしあげろ。

〔アントーニオーは脇へ寄り、仮面を着ける〕

〔ドン・ペドロー、クローディオー、ベネディック、バルサザーが仮面を着けたすがたで登場する。鼓手、マーガレット、アーシュラ、ドン・ジョン、ボラーチオーなども登場する。音楽と踊りが始まる〕

ドン・ペドロー　〔ヒーローに〕お嬢様、この踊りをおつきあい願えますか、あなたの味方の私を相手に？

ヒーロー　静かな歩み、甘美な表情、それに無言を守ってくださるなら、おつきあいいたしましょう、とりわけ離れてゆく時には。

ドン・ペドロー　私と一緒にということでしょうか？

ヒーロー　そう申すかもしれません、気が向いたら。
ドン・ペドロー　いつそう言ってくださるのでしょう？
ヒーロー　あなたのお顔が気に入ったら――だって、まさか楽器が容器にそっくりってことはないでしょうから！
ドン・ペドロー　わが仮面はいわばフィレモンの屋根、館の内にはジョーヴ(5)がおいでです。
ヒーロー　それなら、その仮面は藁葺《わらぶ》きでなければ。
ドン・ペドロー　恋の話は小声で願います。〔二人は脇へ寄る。バルサザーとマーガレットが進み出る〕
バルサザー　あなたに好かれたい、それが望みだ。
マーガレット　あなたに好かれたくない、それがあなたのため、だって私は欠点だらけなのだもの。
バルサザー　たとえばどんな？
マーガレット　お祈りを大声で唱えるとか。
バルサザー　ますます好きになった。聞き手がアーメンと言いやすくなります！

マーガレット　どうか上手な踊り手にめぐりあえますように！
バルサザー　アーメン！
マーガレット　そして踊りが終わったら、その人が消えてしまいますように！　さあ、お返事を。
バルサザー　返事はありません。お話は分りました。〔二人は脇へ寄る。アーシュラとアントーニオーが進み出る〕
アーシュラ　分ってますよ。あなたはアントーニオー様。
アントーニオー　まったくのはずれ、違います。
アーシュラ　分るのです、その首の振り方で。
アントーニオー　実はあの男の真似をしているのです。
アーシュラ　ぶざまなところをそこまでうまく真似られるのは、ご本人だけです。ほら、かさかさの手を上げたり下げたり。やはりご本人、ご本人ですよ！
アントーニオー　まったくのはずれ、違います。
アーシュラ　さあさあ、私があなたのみごとな機知に気づいていないと思うのですか？　美徳は隠しても現れるもの。ごまかすのはおやめになって。あなたがご本人です。美点はおのずと明らかになります。さあ、話はこれまで。〔二人は脇へ寄る。
ベネディックとベアトリスが進み出る〕
ベアトリス　教えてくださらないの、誰がそう言っていたか？
ベネディック　いや、ご勘弁を。
ベアトリス　あなたがどなたか、それも言わないと？
ベネディック　ええ、今は。
ベアトリス　私は傲慢で、私の機知は『お笑い百物語』(6)の二番煎じだ。分ってます、
ベネディックさんです、そう言ったのは。
ベネディック　それは何者です？
ベアトリス　よくご存じのはずですよ。
ベネディック　いや知りません、ほんとです。
ベアトリス　あの人の話を聞いて笑ったことがないのですか？
ベネディック　お願いです、どんな男なのですか？
ベアトリス　いえね、御領主様お抱えの道化で、まったく血の巡りの悪い男なのです。
ただひとつの取り柄は根も葉もない悪口をでっちあげることなの。あの男の話を面

白がるのは身持ちの悪いひとだけ、それも、機知ではなくて悪辣さに感じ入るの。と言うのも、あの人は聞き手を喜ばせるだけじゃなく怒らせもするから、聞き手のほうでは笑ってからあの人をぶんなぐるのです。今も踊り手の中にいるはずですわ。こちらへ攻めてきたら面白いのに。

ベネディック　その殿方と知りあったら、お話は伝えておきましょう。

ベアトリス　ぜひそうして。きっと私に事寄せてたとえ話をひとつかふたつするでしょう。でもそれが受けなかったり、あなたを笑わせなかったりすると、憂鬱な気分になり、おかげでウズラが一羽命拾いをします。その晩、あの阿呆は食べものものどを通らなくなるのだから。さあ、踊りの列を追って行きましょう。

ベネディック　ええ、幸運を求めて。

ベアトリス　不運へと導かれるようなら、私は次の角《かど》で失礼します。

〔踊り。ドン・ジョン、ボラーチオー、クローディオー以外の人物は退場する〕

ドン・ジョン　確かに兄はヒーローに夢中だ。娘の父親と一緒にすがたを消したぞ、思いを打ち明けるために。ご婦人方もヒーローとともに消え、残るは仮面の男ただひとり。

ボラーチオー　〔ドン・ジョンに傍白〕あれこそクローディオー。身のこなしで分ります。

ドン・ジョン　ベネディック殿ではありませんかな？

クローディオー　よくお分りで。その通りです。

ドン・ジョン　貴殿はそれがしの兄とは気心の知れた仲。兄はヒーローに夢中になっております。お願いだ、思い留まるように言ってくださいませんか。あの娘は兄とは生まれが違いすぎます。真の主人思いになっていただきたいのです。

クローディオー　なぜお分りなので、御領主のお気持ちが？

ドン・ジョン　兄が愛を誓っているのを、この耳で聞きました。

ボラーチオー　それは私も。あの娘と今夜のうちに結婚するとも誓っておられました。

ドン・ジョン　さあ、宴会に出席しよう。〔ドン・ジョンとボラーチオーは退場する〕

クローディオー　こうしておれはベネディックの名で返事をしたが、
悪い知らせを聞いた耳はクローディオーのものだ。
やはりそうなのだ。御領主は自分のために求愛しておられる。
友情は何においてもゆるぎないものだが、

色恋沙汰となると話は別だ。
だから、恋する者は必ず自ら思いを述べる。
目のある者は自ら求愛することだ。
代理を信じてはならぬ。女の美しさはいわば魔女、
その魅力にかかると信義も溶けて欲望と成りはてる。
こういう事件はいくらもあるのに、
おれは油断していた。だからさようなら、ヒーロー！

〔ベネディックが登場する〕

ベネディック　クローディオー伯爵か。
クローディオー　そうだ。
ベネディック　さあ、一緒に来てくれ。
クローディオー　どこへ？
ベネディック　すぐそこの柳の木のところまで。用件は君自身のことだ。柳の葉の飾り(7)をどんな風に身につけるつもりなんだ、君は？　金貸しの鎖さながら首のまわ

りにか？　それとも肩からななめに掛けるか、それ、副官の飾り帯のように？　どちらかにせねばなるまい、何しろ御領主が君のヒーローを我がものにされたのだからな。

クローディオー　あの女を可愛がってくださるといい。(8)

ベネディック　何だ、正直な牛売りのような言いぐさじゃないか。仔牛を売るときの決まり文句だぞ、それは。だが君は、御領主にこんなやり方で世話になるつもりだったのか？

クローディオー　頼む、構わないでくれ。

ベネディック　おや、目の見えぬ男のように(9)打ちかかってるぞ！　肉を盗んだのは小僧だというのに、君は柱を殴ろうとする。

クローディオー　どうしても頼みを聞いてくれないのなら、こちらから失礼する。

〔退場する〕

ベネディック　可哀想に、傷ついた鳥が葦《あし》の茂みに身を隠す。それにしても、あのベアトリス、おれを知っていながら知らぬというのか。御領主の道化か――ふむ！　おれは陽気だから、そういう呼び名で通っているのかもしれない。そうだ、だがこう思うのは自分で自分を傷つける所業。おれがそんな風に思われているはずはない。きっと性悪で卑しい心根のベアトリスが、世間の思いを自分が体現しているかのように振舞い、おれをそういう人物に仕立てようとしているに違いない。こうなれば、意趣返しだ。

〔ドン・ペドロー、ヒーロー、レオナートーが登場する〕

**ドン・ペドロー**　これはベネディック、伯爵はどこにいる？　見かけたか？

**ベネディック**　実はこの私、噂の女神(10)の真似をしたのです。ここへやってくると、クローディオーが狩場にただひとつ建つ小屋さながら、沈んだ様子でおりました。そこで私は、そう、あの男には真実を告げたつもりですが、御領主にはこれなる娘御の好意をかちとられた、だから柳の木のところまで一緒に行こう、そしてふられた男にふさわしい柳の葉の飾りを作って進ぜよう、あるいは鞭でもいい、君が鞭で打たれるのを望むならと、そう申しました。

**ドン・ペドロー**　鞭で打たれるか？　何の咎《とが》があって？

**ベネディック**　子供にありがちな幼稚なあやまち、それ、鳥の巣を見つけて喜ぶあまり、友達にそれを見せ、結句その友達にその巣を盗まれたという次第。

ドン・ペドロー　友達を信用するのはあやまちだと言うのか？　あやまちを犯したのは盗んだほうではないか。

ベネディック　とはいえ、鞭を作っても見当違いにはならなかったはず、それを言うなら、柳の葉の飾りも。飾りはクローディオーが自ら身に着ければいい。鞭は御領主に差し上げればいい。御領主こそ、あの男の巣を盗んだ犯人でいらっしゃるようですから。

ドン・ペドロー　鳥に鳴き方を教えるだけ、その上で持ち主に返すつもりなのだ。

ベネディック　鳥の鳴き方がお話を裏づけるようなら、今のお話はまことかと思われます。

ドン・ペドロー　ベアトリス殿がそのほうにひどく腹を立てているぞ。一緒に踊った男から、そのほうがあれを悪しざまに言っていると聞かされたそうだ。

ベネディック　いや、あの女こそ木石《ぼくせき》でも耐えかねるほど私を貶めたのです！　青葉が一枚しか残っていない柏の木(11)でも、あの女には言い返したことでしょう。私が着けていた仮面までが命あるものとなり、あの女に反論しました！　女が言うには、もちろん私が何者か分らなかったからですが、私は御領主の道化だ、雪解けのぬかるみよりも始末が悪いといった調子で、矢継ぎ早に悪口雑言を繰り出す、あまりのことに私は射撃の的の近くにいる審判員のように立ちつくすばかり、全軍が放つ矢弾にさらされておりました。あの女の言葉は短剣さながら、一語一語がひとを刺すのです。あの女が吐く息が言葉同様に毒を含んでいたら、近くにいる者はことごとく落命し、毒気は北極星まで達するでしょう。私はあの女とは決して結婚しません、たとえあの女が、罪を犯す前のアダムが享受していたすべての特権に恵まれていたとしても。あれは、ヘラクレスに焼肉用の串を回させる、(12) いや、ヘラクレスの棍棒を割って薪《たきぎ》にしかねない、そういう女なのです。さあ、あの女の話はおやめください。いずれ分ります、あれは美しく装っていても、なかみは不和の女神アーテー。(13) どこかの学者が鎮めてほしいものだ。だって、あれがこの世にいるかぎり、地獄も聖域さながら、安らかな暮らしができます。そこで、地獄へ行きたいものだから、わざと罪を犯す者が現れる。それほど、あの女の行くところ、不安、恐怖、混乱がつき従うのです。

〔クローディオーとベアトリスが登場する〕

ドン・ペドロー　見ろ、あの人がやってきた。

ベネディック　恐れ入りますが、世界の果てまで行く用を命じてくださいませんか？　地球の裏側でもすぐに参ります、どれほどささやかな用でもお考えくださるなら。遠いアジアの果てから爪楊枝をもって帰る、あるいはアビシニア王(14)の足の寸法を測ってくる、あるいはタタール人の王の髭を一本取ってくる、それとも小人の国へ使者に発つ、何でもいい、あのハーピー(15)と言葉を交わすよりずっとましです。私が果たす御用はありませんか？

ドン・ペドロー　何もない、ただここにいてもらいたいのだ。

ベネディック　ああ、何ということだ。現れたのは私が嫌いな料理、おしゃべり女の舌《タン》は口に合いません！　〔退場する〕

ドン・ペドロー　さあ、どうぞこちらへ。どうやらベネディック殿の心を失ったようだな。

ベアトリス　ええ御領主様、その心、あの人はしばらく私に貸してくれました。でも、私自身の心という利子をつけ、ひとつの心をふたつにして、お返ししました。と言うより、あの人はさいころに細工して、私の心をだまし取ったのです。だから、お言葉通り、私はそれを失ったことになりましょう。

ドン・ペドロー　そなたのほうが上手《うわて》だった、そういうことだ。

ベアトリス　あの人のほうが上になるのはお断り(16)、だってそうなったら、私は愚か者を何人も産む羽目になりますもの。ご命令に従って、クローディオー伯爵をお連れしました。

ドン・ペドロー　どうしたのだ、伯爵？　なぜ沈んでいる？

クローディオー　沈んではおりません。

ドン・ペドロー　すると何だ？　具合が悪いのか？

クローディオー　そんなこともありません。

ベアトリス　伯爵は沈んでもいなければ具合が悪くもない、愉快でもなければ元気でもない――でも苦み走っていらっしゃる、オレンジのように苦み走って、お顔まで嫉妬の黄色に染まって。

ドン・ペドロー　その説明は当たっていよう。だが誓って言おう、この者は見当違いをしている。これクローディオー、私はそのほうの名において求愛し、うるわしいヒーローをかちえたのだ。父親にも事情を打ち明け、好意ある返答を聞いた。婚礼の日取りを申せ、神の祝福があろうぞ！

レオナートー　伯爵様、わが娘は貴方様のもの、それに私の財産も。御領主がおまとめくださったこの縁組、神が固めてくださるでしょう。

ベアトリス　お返事を、伯爵、あなたの番ですよ。

クローディオー　沈黙こそが私の喜びを伝えてくれます。どれほど幸せかを述べたりしたら、それほど幸せではないことになってしまいましょう。お嬢様、私のものになってくださるように、私もあなたのものとなります。私のすべてをあなたに捧げ、あなたを全身全霊で愛します。

ベアトリス　お返事を、ヒーロー、それができないなら、この方の口をくちづけでふさぎ、この方も口が利けないようにしてさしあげなさい。

ドン・ペドロー　まったくもって陽気な気性の方だな。

ベアトリス　はい御領主様、おかげで私はいつも風上に立ち、気苦労を吹き飛ばすことができます。従妹があの方の耳に、心から愛しておりますなどと吹きこんでおりますよ。

クローディオー　その通りです、お姉さま。

ベアトリス　おやまあ、親戚呼ばわりね！　こうして誰もが連れ合いを見つけ、私は店晒《たなざら》しで日に焼ける。私は片隅に座って叫ぶのね、「夫の出物はございませんか」などと。

ドン・ペドロー　ベアトリス殿、私がひとり見つけてあげよう。

ベアトリス　それより御尊父のご令息をどなたか頂きたいのです。御領主にはよく似たご兄弟はいらっしゃいませんか？　御尊父にはすばらしい夫となるご子息が何人もいらっしゃるはず、もしも若い娘がそんな方と結ばれるならですが。

ドン・ペドロー　この私ではどうかな？

ベアトリス　いいえ、御領主様。普段用にもうひとりくださるなら話は別ですが。御領主様は値が高すぎで普段着にはできません。でもどうかお赦しください、私は生まれつき、面白いけれど中身のないことばかり言うたちなのです。

ドン・ペドロー　そのほうが押し黙っていたら、かえって気持ちが悪い。陽気でいるのがいちばん似合っている。間違いなし、そのほうは陽気な星の下で生まれたに違いない。

ベアトリス　いいえ、実は母は泣いていたのだそうです。でもその時、踊っている星があって、その下で私は生まれました。〔ヒーローとクローディオーに〕さあ、いとこたち、どうかお幸せに！

レオナートー　これ姪よ、先ほど言いつけたこと、片づけてくれぬか？

ベアトリス　すみません、叔父様。〔ドン・ペドローに〕御領主様、失礼します。

〔退場する〕

ドン・ペドロー　いやまったく愉快な気性のご婦人だな。

レオナートー　憂鬱なところがほとんどありません。沈んでいるのは眠っている時だけですが、その時でも沈みっぱなしではありません。娘から聞きましたが、姪は時たま不幸せな夢を見るらしく、それがおかしくて自分の笑い声で目を覚ますのだそうです。

ドン・ペドロー　縁談を辛抱して聞くことができないのだな。

レオナートー　ああ、それは無理です。求婚する男はすべて笑ってはねつけるのです。

ドン・ペドロー　相手がベネディックならいい妻になりそうだが。

レオナートー　ああ御領主様、御領主様、わずか一週間ほど結婚していても、しゃべりづめで二人とも気が狂ってしまうでしょう。
ドン・ペドロー　クローディオー伯爵、挙式はいつにするつもりだな？
クローディオー　明日のつもりです。時の歩みが遅く感じられます、愛の神の儀式がすべて終わるまでは。
レオナートー　これ息子よ、月曜より早くは無理だ。今からちょうど七日になる――それでも短すぎる、私が納得できる準備をすべて果たすには。
ドン・ペドロー　これ、そんなに待たされるのかと言いたげに首を振っているが、よいかクローディオー、ただいたずらに時を過ごそうというのではない。その間に、私はヘラクレスそこのけの大事業に取り組み、ベネディック、ベアトリス両人の間に熱愛の高山《たかやま》を築いてみせるつもりなのだ。できたら縁組までもっていきたい。そしてそれが実現するのを私は疑ってはいない、もしもそのほうたち三人が私の指示に従って協力してくれるならば。
レオナートー　協力いたします、御領主様、たとえ十日続けて徹夜することになりましても。

クローディオー　御領主様、私も。
ドン・ペドロー　そなたもかね、ヒーロー？
ヒーロー　ささやかながらお手伝いいたします、従姉がよい夫に恵まれるように。
ドン・ペドロー　そしてベネディックは夫として決してみどころのない人物ではない。少なくともこれだけは保証できる、高い身分の生まれ、勇気のほどは証明ずみ、誠実さも確かだ。どうやってそなたの従姉がベネディックと恋に落ちるようにもっていくか、それは私が教えてさしあげよう。〔クローディオーとレオナートーに〕また私はお二人の協力を得てベネディックに働きかけ、あれほど才知に長け、気難しくもある男がベアトリスと恋に落ちるようにするのだ。これに成功したら、もはやキューピッドひとりを弓矢の名手とは言わせない。キューピッドの名声は我らのもの、我らのみが愛の神となるのだ。さあ館へ行こう、手順を説明するつもりだ。

〔一同は退場する〕

## 第二幕第二場

〔ドン・ジョンとボラーチオーが登場する〕

**ドン・ジョン**　そうに決まった。クローディオー伯爵はレオナートーの娘と結婚するのだ。

**ボラーチオー**　そうです、旦那様、だが邪魔することはできます。

**ドン・ジョン**　邪魔だて、妨害、差し障り——すべておれには薬のように効く。あの男がいやで気分が悪くなる、だから、何であれやつの望みを砕く手だてがあるなら、おれはいい気分になる。どうすればこの結婚を邪魔することができるのだ?

**ボラーチオー**　まっとうなやり方ではありませんが、見かけはもっともらしいから、やましさは隠れます。

**ドン・ジョン**　説明してくれ、簡潔に。

**ボラーチオー**　確かお話ししましたな、一年ほど前に、それ、ヒーローの侍女のマーガレットが私にたいそう気があることを。

**ドン・ジョン**　覚えている。

**ボラーチオー**　夜更けなら、私が命じたら、必ずあの女は主人の部屋の窓から顔を出します。

ドン・ジョン　それがどうしてこの結婚の息の根をとめる力になるのだ？

ボラーチオー　このやり方にひそむ毒を練り上げるのは旦那様のお役目です。お兄様のもとへ行き、歯に衣着せずこう言われるのです、これでは兄上のお名が汚れます、あの評判のいいクローディオーを——そう、伯爵のことは存分にほめそやすことです——ヒーローのような汚れた淫売と縁組させたりしたら、と。

ドン・ジョン　そう言う証拠は？

ボラーチオー　証拠ならあります、お兄様をあざむき、クローディオーを悩ませ、ヒーローを破滅させ、レオナートーを殺すような、強力な証拠が。もっと他の結果がほしいと言われますか？

ドン・ジョン　やつらを傷つけるためなら、何でもやってのけよう。

ボラーチオー　ではどうぞ。しかるべき時刻にドン・ペドローとクローディオー伯爵の二人だけをおびき出してください。ヒーローがこの私に惚れていることを自分は知っていると、お二人におっしゃるのです。お二人のことが心配でならぬというふりをなさること——この縁組をおまとめになったお兄様の名誉が大切だ、また、まがいものの生娘にだまされかけているお兄様のご友人の体面も気になる――だからこんな話までしたのです。お二人は証拠がなければ信じようとはなさらない。それなら証拠をお見せしましょうということになる。すなわち私が女の部屋の窓近くにいて、マーガレットに「ヒーロー」と呼びかける、マーガレットは私を「クローディオー」と呼ぶ、その現場をご覧に供します。もちろんお二人にこれを見せるのは、婚礼が行われる日の前夜でなければなりません(なお私はヒーローがその場にはいないように計らいましょう)。ヒーローの不実はいかにも真実らしく見えますから、疑惑は確信となり、すべての準備はご破算となります。

**ドン・ジョン**　この計略がどんな破局をもたらそうと構わん、実行に移そう。そのほうも抜かるでないぞ、褒美として一千ダカット(17)を遣わそう。

**ボラーチオー**　気合を入れて中傷なさるよう願います、私もしっかり悪知恵を働かせましょう。

**ドン・ジョン**　ではすぐにも婚礼の日取りを聞き出すこととしよう。

〔二人は退場する〕

# 第二幕第三場

〔ベネディックが登場する〕

ベネディック　小僧！

〔少年が登場する〕

少年　はい。

ベネディック　おれの部屋の窓際に本がある。あれをもってきてくれ、この果樹園まで。

少年　もうここまで来ております。

ベネディック　それは分っているが、まず部屋まで行き、それからここへ戻ってこいと言っているんだ。〔少年は退場する〕

まったく不思議だ、恋の奴《やっこ》と成りはてると、男はどれほどぶざまになるものか、それを見て、他人の浅薄な愚行を笑っていた男が、今度は自分が恋に落ち、自分で自分の笑いものになってしまうとはな。そういう男がクローディオーだ。あいつにとっては、音楽といえば勇壮な大太鼓と横笛の音のことでしかなかった。だが今では、むしろ軟弱な小太鼓と笛の音を聞きたいと言っている。かつては名作の甲冑を見るためなら十マイルも歩いて行ったのに、今では十日も眠らずに新しい上着の型をあれこれ工夫している。昔は単刀直入の言葉遣いを好み、いかにも率直で軍人らしかったが、今ではさながら修辞学の教科書、使う言葉はまるで珍味佳肴を揃えた奇想天外な宴会のようだ。おれもあんな男に変わり、そのさまをこの目で見ることになるのだろうか？　それは分らない。そうはなるまい、おそらく。誓いはしないが、恋のせいで牡蠣のように押し黙った存在になるかもしれない。だが、このことは誓って言おう。恋のせいで牡蠣になるまでは、あんな愚か者には決してならないぞ。美しい女がいる、だがおれは大丈夫だ。賢明な女がいる、だがおれは大丈夫だ。操《みさお》正しい女がいる、だがおれは大丈夫だ。あらゆる美徳を一身に集めた女が出現するまでは、おれが女の一身に惹かれることはないのだ。金持ちであること、これは確かだ。賢明であること、でなければ相手にしない。操正しいこと、でなければ手は出さない。美しいこと、でなければ見向きもしない。柔和であること、でなければ近寄らせはしない。気品あること、でなければ天使でも御免だ。明晰なもの言い、音楽の名手、そして髪の色は神の御心に任せよう。や！　御領主と恋の君だ。このあずまやに身を隠すとしよう。〔あずまやに入る〕

〔ドン・ペドロー、レオナートー、クローディオー、バルサザーが、楽師たちを伴って登場する〕

ドン・ペドロー　さあ、あの曲を聞こうではないか？

クローディオー　はい、御領主様。何と静かな宵なのでしょう、音楽を楽しむためにわざと声をひそめているような！

ドン・ペドロー　〔クローディオーとレオナートーに傍白〕見たか、ベネディックがすがたを隠したのを？

クローディオー　〔傍白〕はい、確かに。音楽が終わったら、あの子狐に仕返しをしましょう。

ドン・ペドロー　おいバルサザー、あの歌をもう一度聞きたい。

バルサザー　いや御領主様、こんな悪い声に無理をさせるのはご勘弁を、
音楽を一度ならず傷つけることになります。
ドン・ペドロー　それこそ名手のしるし、
自らの至芸を他人事のように扱うとはな。
頼む、歌ってくれ、これ以上口説く気はない。
バルサザー　口説くと言われるなら、歌いもしましょう。
世の殿方は口を開くと、
何とも思っていない相手でも、まずは口説き、
愛していると誓うものです。
ドン・ペドロー　　　　　　　　さあ始めるのだ。
まだしゃべる気でいるなら、
それも歌にしてくれ。
バルサザー　　　　　　歌う前に申します、
私の歌は歌うほどのものではありません。
ドン・ペドロー　それこそ歌ならぬ疑いのもと。

歌を歌って疑いを晴らすのだ！〔バルサザーは楽器を演奏する〕

ベネディック　神々しい妙音だ！　ひとの魂を奪うような！　奇妙ではないか、羊の腸が人間の魂を体外へ引き出すというのは？　まあいい、つまるところ俺は角笛(18)のほうが有難い。

バルサザー〔歌う〕

嘆くな、乙女たちよ、
　男は嘘つきよ、
左と右とで、
　思いはちぐはぐだ。
ならば心のままに、
弾み立つ調べで、
暗い節《ふし》は忘れ
歌え、「ヘイ、ノニ、ノニ(19)」。

やめよう、もうやめよう、

涙の雨の歌は、
この世の始めから、
男は嘘つきだ。
ならば心のままに、
弾み立つ調べで、
暗い節《ふし》は忘れ
歌え、「ヘイ、ノニ、ノニ」。

ドン・ペドロー　まったくいい歌だ。

バルサザー　歌い手が下手です。

ドン・ペドロー　何だと？　とんでもない、十分聞くにたえるぞ。

ベネディック　〔傍白〕もしもあいつが犬で、あの調子で吠えたら、縛り首になっていたところだ。あの悪声が悪いことの前兆でなければいいが。夜ガラス(20)の声を聞いているほうがましだな、おれは、災厄の前ぶれだとしても、構うものか。

ドン・ペドロー　そう、それがいい――おい、バルサザー。いい音楽を用意してもらいたい、というのも明日の晩、ヒーローの部屋の窓辺で演奏してほしいのだ。

バルサザー　できるだけ努めましょう。〔バルサザーは退場する〕
ドン・ペドロー　頼むぞ。下がってよい。何だったかな、先ほどの話は？　確か姪御のベアトリスがベネディック殿を慕っているとか？
クローディオー　〔傍白〕ああ、その調子、その調子、獲物の鳥はすぐそこにおります。〔声を上げる〕夢にも思いませんでした、あの方が男に熱を上げることがあろうとは。
レオナートー　私も同じ思いです。だが何よりも不思議なのは、相手がベネディックだということ、どこから見てもひどく嫌っているようでしたからな。
ベネディック　何だ、これは？　そういう風が吹いているのか？
レオナートー　まったくもって、御領主様、どう考えたらいいのか、さっぱり分りません。とにかく姪があの男に激しい思いを寄せるなど、誰にも思い及ばぬことですから。
ドン・ペドロー　芝居をしているのではないかな。
クローディオー　おそらくそうでしょう。
レオナートー　何をおっしゃる！　芝居ですって？　芝居の情熱が、姪が見せているような真に迫るものになったためしはありません。

ドン・ペドロー　で、その情熱の現れとは？

クローディオー　〔傍白〕針に餌をつけて、魚が食いつきます！

レオナートー　情熱の現れですか？　じっと座りこんで――様子は娘から聞いたでしょう。

クローディオー　聞きました、確かに。

ドン・ペドロー　どんな、え、どんな風なんだ？　驚いたな！　あの人はどれほど口説かれても決して落ちない気性の持ち主だと思っていた。

レオナートー　私もそう思っておりました、とりわけ相手がベネディックなら。

ベネディック　こいつは罠だと思いたいが、あの白髪頭の人物が言うのだからな。あいう立派な老人が悪巧みに与《くみ》することはありえない。

クローディオー　〔傍白〕餌に食いつきましたよ。さあ続けて！

ドン・ペドロー　姪御は思いのたけをベネディックに打ち明けたのかね？

レオナートー　いいえ、決して打ち明けないと申しております。だから苦しんでいるのです。

クローディオー　その通りです。ヒーローからも聞きました。「あの人を馬鹿にしてきたこの私が、愛していますなどと書いた手紙を出せるだろうか」と、そう言っているそうです。

レオナートー　そう言うのです、手紙を書き始めると必ず。一晩に二十回も起き出し、夜着のまま机に向かって、やっと便箋一枚を埋めるのだそうです。娘から何もかも聞きました。

クローディオー　便箋で思い出しましたが、お嬢さんから面白い話を聞きました。

レオナートー　ああ、手紙を書き終えて、読み返してみると、「ベネディック」と「ベアトリス」がくるまっていたとか、便箋の間で、それ、まるでシーツにくるまるように。

クローディオー　それです。

レオナートー　ああ、姪はその手紙を細かく引き裂き、自分で自分を罵るのです、私としたことが、何というはしたないことをするのだ、蔑まれるに決まっている相手に手紙を書くなんて、と。こうも言います、「私があの方だったら、どうするでしょう。あの方から手紙が来たら、やはり蔑むでしょう——そう、あの方を愛していても、そうせねばならない」などと。

クローディオー　それから膝をついて倒れこみ、涙を流し、すすり泣き、胸を打ち、髪を掻きむしり、祈ったり呪ったり、「ああ愛しいベネディック！　神様、私に耐える力をお与えください！」と叫ぶのです。

レオナートー　その通りです。娘がそう言っております。そして、異常興奮状態のあまり我を忘れてしまうので、娘は心配になることがある、それ、姪は我とわが身に取り返しのつかぬことをしてしまうのではないかと。本当の話です。

ドン・ペドロー　誰かがベネディックにこのことを教えてやったほうがいいだろう、本人にそうする気がないのなら。

クローディオー　それでどうなります？　あの男は鼻で笑い、哀れな女性《にょしょう》をいっそう苦しめるでしょう。

ドン・ペドロー　かりにそうなったら、あの男を縛り首にするのが世のためというもの。ベアトリス殿は並外れてたおやかな女性で、しかも間違いなく操正しい方だ。

クローディオー　その上、稀に見る賢明な方です。

ドン・ペドロー　そう、何につけても、ただしベネディックを愛しているのは別だ。

レオナートー　ああ御領主様、知恵と情熱がああいうか弱い者の体内で争ったら、十中八九まで、情熱が勝ちます。あの娘が可哀想です。それもゆえあってのこと、私は叔父で後見人でもあるのですから。

ドン・ペドロー　あの思いをこの私に向けてほしかったな。私は他の思惑などすべて脇にやり、あの人を伴侶に迎えただろうに。この話、ベネディックに伝えて、どんな反応をするか試してくれぬか。

レオナートー　それが上策だとお考えで？

クローディオー　ヒーローが申すには、従姉は死ぬに違いないと。だって、ベネディックが愛してくれないなら死ぬと言っているそうですから。この思いが知られぬうちに死にたい、かりにベネディックに言い寄られたら死にたい、そのほうがましだ、これまでのいがみあいを少しでもやわらげるくらいなら、と。

ドン・ペドロー　無理もない。かりに自分の思いのたけを明らかにしたら、男のほうでは間違いなくそれを馬鹿にするだろう。ご承知の通り、あいつには思い上がったところがあるからな。

クローディオー　なかなかの美男ですが。

ドン・ペドロー　確かに見た目はすっきりしているな。
クローディオー　ひじょうに頭がいいと私は思います。
ドン・ペドロー　確かに機知めいたものをそなえてはいる。
クローディオー　それに勇気も。
ドン・ペドロー　ヘクター(21)に劣らず、な。しかもいざ喧嘩口論となると、賢明にことを処理する。つまり、思慮分別を働かせてそれを避けるか、あるいは、キリスト教徒らしい恐れをもってそれに取り組むかだ。
レオナートー　もしも神を恐れているのなら、当然のこととして和を尊ぶでしょう。かりに和を捨てるなら、恐れおののきながら喧嘩口論に取り組むはずです。
ドン・ペドロー　その通りだ。あれは実は神を恐れる男だからな。怪しげな冗談を口にするから、そうは見えぬこともあるがな。いや、姪御はまったく気の毒だ。ベネディックを探し出して、姪御の思いを告げるとするかな？
クローディオー　とんでもない。むしろベアトリスに因果を含めてあきらめさせるのが上策でしょう。
レオナートー　それは無理です。その前に寿命が尽きてしまうでしょう。

ドン・ペドロー　そうか、それなら娘御からもっと成り行きについて聞くことにしよう。しばらくほとぼりを冷ますことだ。ベネディックには目をかけているから、冷静に反省し、自分がどれほどあの立派な女性にふさわしくないかを悟ってほしいものだ。
レオナートー　参りましょうか、御領主。食事の支度ができました。
クローディオー　〔ドン・ペドローとレオナートーに〕これでもあの男が夢中にならぬようなら、今後、自分の予想は信じぬことにします。
ドン・ペドロー　〔レオナートーとクローディオーに〕ベアトリスにも同じ網を張ることにしよう。それは娘御と侍女たちのつとめ。面白いことになるぞ、二人が揃って相手は自分に夢中だと思いこみ、実はそうではないというのだから。ぜひとも見たい場面だが、何もかも無言劇(22)で示すことしかできない。そうだ、ベアトリスがベネディックを食事に誘うように仕向けよう。　〔ベネディックを除く人物たちは退場する〕
ベネディック　〔あずまやから現れる〕これは罠ではない。深刻な調子で話しあっていた、みんなは。ヒーローから聞いた話だから、これは本当だ。みんなはベアトリスを気の毒がっている。あの人はすっかり燃え上がってるようだな。おれを愛する？　それなら応じねばなるまい。おれは悪しざまに言われているのだ。あの人の愛の兆しが見えたら、おれは傲慢に振舞うだろう、そう言っていた、皆は。思いを明かすくらいなら死んだほうがましだそうだ、あの人は、そうも言ってた。おれは結婚など考えたこともなかった。傲慢に見えてはならない。おのれの欠点を指摘されて改めることができる者は幸いなるかな、だ。あの人は美人だそうだ――その通り、おれもそう思う。それに操正しい――そうだ、違うとは言えない。それに賢明だ、おれを愛している点を除けば。なるほど、それでさらに賢明になるわけではない――だが、それが愚かさの根拠になるわけでもない。と言うのも、おれはあの人に夢中になりそうだからな。つまらない当てこすりや皮肉にさらされるかもしれないな、おれは、だって長い間、結婚の悪口を言ってきたから。だが、人間の好みは変わるものではないのか？　若い頃は大好きだった食べものが、年を取るとのどを通らなくなることもある。悪口、たとえ話、知恵を絞ってひねり出した紙つぶてなどが怖さにおのれが望む道を進まずにおくのか？　いや、この世は人で満たさねばならぬ。(23)ひとり身で死ぬと言った時には、おれは結婚するまで生きているとは思わなかったのだ。

〔ベアトリスが登場する〕

ベアトリスだ。まったくもって美人だな！　どうやら恋心が見え隠れしているようだ。

ベアトリス　気は進まないけれど、食事のお知らせに来たわ。

ベネディック　ようこそベアトリス、ありがとう、ご苦労だった。

ベアトリス　礼を言ってもらうほどの苦労をしてはいないわ、あなたが私に礼を言うために別に苦労はしないのと同じこと。苦になるのなら、こうしてやって来はしなかった。

ベネディック　すると使者に立つのが楽しかったと？

ベアトリス　そう、あなたがナイフを突きつけてカラスを黙らせる[24]のが楽しいほどには。おや、食欲がおありではない？　ではこれで失礼。〔退場する〕

ベネディック　ふむ！「気は進まないけれど、食事のお知らせに来たわ」か――これには二重の意味がある。「礼を言ってもらうほどの苦労をしてはいないわ、あなたが私に礼を言うために別に苦労はしないのと同じこと」――これはつまり、「あなたのためにする苦労は、お礼と同じで苦労にならない」ということだ。これであの人を哀れと思わないようなら、おれは悪党だ。これで好きにならないようなら、おれは人でなしだ。さあ手に入れよう、あの人の絵姿を。

〔退場する〕

# 第三幕第一場

〔ヒーロー、マーガレット、アーシュラが登場する〕

ヒーロー　ねえマーガレット、急いで居間へ行ってちょうだい。
従姉のベアトリスが
御領主やクローディオーと話をしているから、
そっと耳打ちしてほしいの、私とアーシュラが
果樹園を歩きながら、あなたの噂ばかり
していますと。私にもそれが聞こえたと言って、
それから、こう言うのよ、木の枝でおおわれたあずまやに隠れなさいと。
ほら、陽を浴びて育ったすいかずらが
枝を張りめぐらして、その陽をさえぎっているあの場所ね。
まるで、主君のおかげで出世した寵臣が、自分の権力を

大恩ある主君にまで振りかざすように。ベアトリスはそこに隠れて
私たちの話を聞こうとするでしょう。これがあなたの仕事、
うまくやってね、私たちには構わずに。

〔退場する〕

**マーガレット** 大丈夫、あの方をすぐに誘い出しますよ。

**ヒーロー** さあアーシュラ、ベアトリスがやってきたら、
私たちがこの小道を行ったり来たりしながら
話すのは、ただベネディックさんのことばかり。
私があの方の名前を出したら、あなたの役目はあの方を
実際以上にほめそやすことよ。
私はベネディックさんが
どれほどベアトリスに恋焦がれているかという話をするわ。キューピッドの
霊験あらたかな矢は、こういうものでできているのね、
噂話がひとを傷つけるのよ。

〔ベアトリスが登場し、身を隠す〕

さあ始めて。
ほら、ベアトリスが、まるでタゲリ（1）ね、
地を這うように駆けてくる、私たちの話を聞くために。

**アーシュラ**　〔ヒーローに〕釣りでいちばん楽しいのは、
魚が金色のひれで銀色の流れを切り、
いかがわしい餌にむしゃぶりつく時ですね。
私たちが釣るのはベアトリスさん、今しも
すいかずらの茂みに身を隠されました。
大丈夫、私の台詞は心得ております。

**ヒーロー**　〔アーシュラに〕もっと近寄りましょう、私たちが仕掛ける餌は、
おいしそうでも中身は嘘、それを残らず耳に入れてもらいましょう。

〔二人はベアトリスが隠れている場所に接近する〕

――いいえ、アーシュラ、あの人は高慢すぎます。
あの人は妙に構えていて激しい気性の持ち主、

まるで野生の雌の鷹ね。

アーシュラ　　　　　　でも確かなんですか、

ベネディックさんがベアトリスさんに夢中だというのは？

ヒーロー　そうらしいの、御領主様や、ほら、私が将来を誓ったあの殿方のお話では。

アーシュラ　で、そのことをベアトリスさんに教えろと言われたのですか？

ヒーロー　確かにベアトリスに知らせるように頼まれたわ。

でも私言ったの、ベネディックさんを大事に思ってるのなら、

自分の気持ちを抑えるように勧め、

ベアトリスには知らせないでいてください、と。

アーシュラ　なぜそんなことを？　あの殿方は

立派な方ですから、ベアトリスさんと共寝するという

幸運に恵まれてもいいのでは？

ヒーロー　ああ愛の神様！　そりゃあの方は、

男としてどんな幸運に恵まれてもおかしくない方よ。

でもこの世にまたといないわ、ベアトリスほど

気位の高い女は。
目には蔑みと高慢の色をたたえ、
見るものすべてを悪く考える。そして世の中に
自分ほど頭のいい者はいないと思いあがっているから、
何もかもが愚かに見えてしまうのね。あの人には人を愛することができない。
愛とは何か、どんなものかが分らない。
それほど自分だけが大事な人なのよ。

アーシュラ　ええ、そうですね。
だからベネディックさんのお気持ちを
知ってはならないのです、笑いものにしかねませんから。

ヒーロー　ええ、その通りだわ。男という男は――
どれほど賢明でも高貴でも若々しくても眉目秀麗でも――
必ず悪く言うのよ、あの人は。たとえば色白だったら、
私の妹になったらいいと言うのね。色が黒かったら、自然が道化を描こうとして
筆を誤った[2]と言う。背が高いと、穂先の鈍った槍、

背が低いと、できの悪い瑪瑙《めのう》細工。(3)
しゃべっていたら、風向き選ばぬ風見鶏。
黙っていたら、直立不動の石頭。
という調子で、あらゆる男を悪いように仕立てあげ、
素朴さや美点を前にしても、
そこにこもる真実や美徳を認めようとしないのよ。
アーシュラ　そうですそうです、悪口雑言はほめられません。
ヒーロー　ええ、ベアトリスのように変人で、世間のしきたりと
ずれているのは、とてもほめられたものではないわ。
でも、誰が面と向かってそう言えて？　私がそう言ったら、
笑いとばされるだけでしょう。ああ、私は口をつぐむほかなくなり、
あの人の辛辣な知恵で殺されてしまうに違いない！
だからベネディックさんは、埋み火《うずび》のように、
溜息をつきながら衰え、人知れず命果てるほかない。
そういう死に方は、嘲られて死ぬよりはましよ、

だってそれはくすぐられて死ぬようなものだから。
アーシュラ　でもやはりベアトリスさんの耳に入れて、反応を確かめてみては？
ヒーロー　いいえ、それよりもベネディックさんに逢って、
ご自分の思いを抑えるように申しあげるつもりよ。
そして、ええ、悪口を考えだしましょう、
従姉を傷つけるような。悪口を聞かされたら、
愛情がどれほど冷めるか、分らないのだから。
アーシュラ　ベアトリスさんにそんなひどいことをしてはいけません！
そこまでものの分らない方だとは思えません。
頭の回転の速い方だと
もっぱらの噂、拒んだりなさるでしょうか、
ベネディックさんのような稀に見る殿方を。
ヒーロー　イタリア一の殿方ね、あの方は――
私の思い人は別だけれど。
アーシュラ　お願いです、腹を立てないでください、

私の考えを申しますが。ベネディックさんは、
体つき、身のこなし、もの言い、勇気、何につけても、
誰にもひけを取らぬ男として、イタリア中に知られております。
ヒーロー　ええ、とても評判の高い方ね。
アーシュラ　評判が立つ前から、立派な方でしたよ。
式を挙げるのはいつですか、お嬢様？
ヒーロー　明日よ、それからは一生ずっと！　さあ、家へ入りましょう。
衣装をいくつか見せるから、教えてちょうだい、
明日着るのはどれがいちばんいいか。
アーシュラ〔ヒーローに〕あの方は罠にかかりましたよ、間違いなし！　もうこちらのものです。お嬢様！
ヒーロー〔アーシュラに〕そういうことになったら、色恋はつまり運次第。
キューピッドの矢で命を落とす人もいれば、罠でそうなる人もいる。
〔ベアトリスを除く人物たちは退場する〕
ベアトリス　何だろう、この耳の火照《ほて》りは？　こんなことがあるのだろうか？

思いあがりと蔑みゆえに、これほどまでに私は疎まれているのか？
蔑みの思いよ、さようなら。乙女の思いあがりよ、さらば。
こんなものの陰に、栄光が住むわけはない。
だからベネディック、どうかそのまま、あなたの思いに応えましょう、
私の猛る心を鎮め、あなたの愛の手に委ねましょう。
あなたに愛する思いがあるなら、私はその火を煽り、
二人の愛を神聖な絆で縛りましょう。
あなたは並外れた方だとみんな言います、そして私は
それを信じます、私が耳にする噂にもまして。

〔退場する〕

## 第三幕第二場

〔ドン・ペドロー、クローディオー、ベネディック、レオナートーが登場する〕

ドン・ペドロー　そのほうの婚礼がめでたく執り行われるのを見届けたら、私はアラ

ゴン指して旅立つつもりだ。
クローディオー　私もお供しましょう、御領主様、お許しいただけるなら。
ドン・ペドロー　いや、それではそなたの華やかな新婚生活に大きな汚点をつけるようなもの、子供に新しい服を見せて、これを着るなと命じるのと変わらぬ。道連れはベネディックにだけ頼もう、頭の天辺から足の先まで面白い男だからな。こいつはキューピッドの弓弦《ゆづる》を二度三度と断ち切らせた人物だ、さすがの小僧もこいつに向かって矢を放つのはあきらめた。心は鐘のごとく堅固で、口舌《こうぜつ》は、すなわちその鐘を鳴らす舌。つまり、心の思いを舌が語るというわけだ。
ベネディック　各々方《おのおのがた》、私はこれまでの私ではありません。
レオナートー　同感です。これまでより沈んでいるような。
クローディオー　おそらく恋をしているのでしょう。
ドン・ペドロー　何を馬鹿な！　この男には、恋のまことに染められるような血など一滴も流れてはいない。沈んでいるなら、それは金欠のせいだ。
ベネディック　実は歯が痛くて。
ドン・ペドロー　なら、抜いてしまえ。

ベネディック　御冗談を！
クローディオー　冗談じゃない、真面目に抜くんだ。
ドン・ペドロー　ほほう、歯痛で溜息をついているのか？
レオナートー　どうせ気のせいか、虫のせいですよ。
ベネディック　ふん、辛いことは誰だって我慢できるさ、当人でなければ。
クローディオー　でも、やはりこれは恋の症状ですよ。
ドン・ペドロー　好き心に動かされているようには見えぬがな。ただし、外《と》つ国《くに》ぶりに身をやつそうという好き心ならもっていそうだ。今日はオランダ人、明日はフランス人――時には同時に二か国のなりをする、下半身はドイツ風のだぶだぶズボン、上半身はスペイン風で上着ぬきのマントすがた(4)といった調子だ。こういう愚行が好きな心根に駆られているのでないとすると――いや、そいつに駆られてはいるようだが――この男、恋心に駆られた愚か者ではない、皆さんはそうだと言いたげだが。
クローディオー　女が好きになったのではないと言われるなら、昔から知られた目印もあてにならぬことになりますね。この男は朝ごとに帽子にブラシをかけておりますが、これは何の徴候なのでしょう？

ドン・ペドロー　こいつが床屋にいたのを見た者はおるか？

クローディオー　いいえ、しかし、床屋の小僧がこの男と一緒にいるのを見た者ならおります。そして、この男の頬を飾っていた代物は、今やテニスのボールの詰め物(5)となりました。

レオナートー　そう言えば、髭を剃ったら若返りましたな。

ドン・ペドロー　それどころか、この男、麝香《じゃこう》(6)を顔面にすりこんでいる。香りが分るかな？

クローディオー　となれば、この若者が恋の奴《やっこ》であることはあまりにも明らかです。

ドン・ペドロー　その最大の徴候は、憂鬱に取りつかれたこの様子。

クローディオー　それにこの男、顔を洗ったりしておりましたか？

ドン・ペドロー　そうだ、それに化粧をしていたことは？　それについての世の噂も私は聞いている。

クローディオー　それに引きかえ、あの冗談好きが今ではリュートの音色に取りつかれ、それを奏でる指先に精神を集中させる始末。

ドン・ペドロー　これで分った、暗い話だぞ。結論はこうだ、この男は恋をしている。

クローディオー　そうです。私は相手も知っております。
ドン・ペドロー　誰なのか知りたいな。きっとこの男のことを知らない女だろう。
クローディオー　いいえ、その女は男の欠点も知りつくしております。だのに、男のためなら死んでもいいと思っておりまして。
ドン・ペドロー　もしも死んだら、顔を上に向けた姿勢(7)で葬ってやろう。
ベネディック　何を言われても、歯痛は一向に軽くならないな。〔レオナートーに〕ご老体、一緒に来てくださらぬか。気の利いた警句を少々思いついたのでお聞かせしたいのですが、あの張りぼての馬どもの耳には入れたくないので。
〔ベネディックとレオナートーは退場する〕
ドン・ペドロー　ベアトリスのことを打ち明けるんだな、きっとそうだ!
クローディオー　そうです。ヒーローとマーガレットもベアトリス相手に務めを果たしたはずですから、これからは二頭の熊がでくわしても互いに噛みつくことはないでしょう。
〔ドン・ペドローの腹違いの弟ドン・ジョンが登場する〕

ドン・ジョン　これは兄上、ご機嫌はいかがで！
ドン・ペドロー　やあ、こんばんは。
ドン・ジョン　ご都合がよければ、お話ししたいことがありまして。
ドン・ペドロー　内密にか？
ドン・ジョン　ええ、それがお望みなら。だがクローディオー伯爵がおられても構いません、この方にも関わりのある話ですから。
クローディオー　何事です？
ドン・ジョン〔クローディオーに〕閣下は明日婚礼の式を挙げるおつもりですか？
ドン・ペドロー　そう、知っての通りだ。
ドン・ジョン　そうでしょうか、私が知っていることを聞かれたら、分りませんよ。
クローディオー　何か差し障りがあるのなら、頼む、教えていただきたい。
ドン・ジョン　私はあなたに含むところがあると思っておられるかもしれませんが、決めつけないでいただきたい。これから申しあげることを聞いた上で判断してほしいのです。私の兄は――兄はあなたを高く買い、親友と考えているようですが――この度の縁組をまとめるに当たって力を貸しました。だがこれはとんだ見当違い、無駄な骨折りでしたな。

ドン・ペドロー　おい、どうしたというのだ？

ドン・ジョン　それを伝えるために来たのです。手短に言うと——いや、実はあの女、長らく噂になっておりましたからな——つまり、あの女性は品行が悪いのです。

クローディオー　なに、ヒーローが？

ドン・ジョン　その通り。レオナートーのヒーロー、あなたのヒーロー、あらゆる男のヒーロー(8)です。

クローディオー　品行が悪い？

ドン・ジョン　そんな言葉ではあの者の悪女ぶりは表せません。もっとたちが悪いのです。もっとひどい言葉を思いつかれたら、それがあの女にはぴったりであることを、お見せしましょう。まさかと思うのは禁物、まずは証拠を。私がご案内しましょう、今夜、あの女の部屋の窓から曲者が忍びこむのをお目にかけます、それ、婚礼を明日に控えた前の晩に。それでもあの女がお好きなら、明日結婚なさいませ。しかし、思い直すのがお身のためでしょう。

クローディオー　そうなのか？

ドン・ペドロー　そうではあるまい。

ドン・ジョン　自分の目が信じられないなら、自分の頭が正常だと思いこむのはやめることです。ついてきてください。たっぷりお目にかけましょう。さらに見たり聞いたりすることがあったら、しかるべく振舞うことです。

クローディオー　もしも今夜、あの女と結婚してはならぬ理由を目撃したら、明日、式に臨席している人々の前で辱めてやる、あの女を。

ドン・ペドロー　この私はそなたのためにあの女を口説き落とした者ゆえ、そなたと力を合わせてあれを辱めよう。

ドン・ジョン　これ以上悪口を言うのは控えます、まずご自分の目でご覧になることです。夜中までは落ち着いて耐えてください、やがて事態は明らかになりますから。

ドン・ペドロー　ああ、とんだことになったものだ！

クローディオー　ああ、思いがけぬ障りが生じた！

ドン・ジョン　ああ、災厄がみごとに回避された！　とそうおっしゃるはず、結末をご覧になったら。

〔一同は退場する〕

# 第三幕第三場

〔警察署長ドグベリー[9]、部下の警吏ヴァージスが、ジョージ・シーコールとヒュー・オートケイクを含む夜警たちを伴って登場する〕

ドグベリー　そのほうたちは善良かつ誠実な者であるか？

ヴァージス　さようです、さもなければ遺憾ながら肉体と霊魂を救済される[10]危険にさらされるでありましょう。

ドグベリー　いやいや、それは身に余る有難い罰というもの、御領主の夜警に選ばれた上、忠節の心をそなえているのだからな。

ヴァージス　では命令を下してくだされ、ドグベリー殿。

ドグベリー　まずもって、夜警の代表代理に最も不適任なる者[11]は誰だと思うか？

第一の夜警　ヒュー・オートケイクあるいはジョージ・シーコールであります。両人とも読み書きができるからであります。

ドグベリー　前へ出よ、シーコール殿。〔シーコールは進み出る〕神はそのほうによい名前を与え給うた。(12)男前になるのは運次第だが、読み書きの能力はもって生まれた代物だ。

シーコール　その両方を、署長殿――

ドグベリー　そのほうはそなえておる。と申したかったのだな。さて、そのほうの男ぶりについては神に感謝し、ひけらかしたりせぬこと。読み書きの能力については、見栄を張る必要のない時に表に出すこと。そのほうは、夜警の代表代理たるには最も分別を欠き、適任なる者と思われる。それゆえこの燈火《とうか》を授ける。〔シーコールに燈火を渡す〕命令はこうだ、徘徊する者はすべて誰何すること。必ず御領主の名において止まれと命じるのだ。

シーコール　止まらなかったらどうしますんで？

ドグベリー　その時は無視して、そのまま行かせること。そして直ちに夜警全員を招集して、悪党を放逐できたことを神に感謝するのだ。

ヴァージス　命じられても止まらぬような輩《やから》は、御領主の臣下とは申せません。

ドグベリー　いかにも、夜警たるもの、御領主の臣下でもない輩と関わりあいになってはならん。また、街路で騒音を立てることも禁止する。夜警が饒舌や多弁に耽るのは、まことに堪忍でき、我慢ならぬ所業だからな。

夜警　しゃべるくらいなら眠りますよ。夜警の本分は心得ております。

ドグベリー　ほう、いかにも経験豊富で静粛な夜警らしい言い草だ。眠っていたら、ひとに迷惑をかけるおそれはないからな。ただ、矛を盗まれぬように気をつけろよ。さあ、飲み屋をまわって、酔っ払いがいたら寝るように命じるのだ。

夜警　いやだと言いましたら？

ドグベリー　その時は、酔いがさめるまで放っておく。それでも神妙な返事をしなかったら、人違いでしたと言えばいい。

夜警　分りました。

ドグベリー　盗人に出くわしたら、そのほうたちの仕事柄、こいつはまともな人間ではなさそうだと疑ってもよい。但しこういう連中にはなるべく関わりあわないほうが、そのほうたちの名誉になるぞ。

夜警　盗人だと分ったら、取りおさえるのではありませんか？

ドグベリー　そうだ、それは構わん。だが、朱にまじわれば赤くなるという言葉もある。いちばん穏やかなやり方は、万一盗人を捕えたら、おのが本領を発揮させて、こっそり逃がしてやることだ。
ヴァージス　おぬしは昔から人情深い方として知られておりましたな。
ドグベリー　さよう、この身は犬一頭の首をくくる気にもなれません。ましてや、わずかでも真心のある人間などは。
ヴァージス　夜中に子供が泣いたら、乳母を呼んでおとなしくさせねばなりません。
夜警　どうします、その乳母が眠っていて、呼んでも聞こえなかったら？
ドグベリー　その時は、そっとその場を逃れ、子供の泣き声で乳母が目を覚ますように仕向けることだ。仔羊の鳴き声が聞こえぬ牝羊なら、仔牛の鳴き声に答えることもないのだ。
ヴァージス　まったくだ。
ドグベリー　命令はそれだけだ。ヴァージス殿、貴殿は御領主ご自身のいわば代理。今夜、御領主に出くわしたら、止まれと命令しても差し支えありませんぞ。
ヴァージス　滅相もない、それはできません。
ドグベリー　いや賭けてもいい、法律の心得のある者なら許されるのだ。御領主を留めても差し支えない――もちろん先方がその気でおられる場合に限るが。なぜなら夜警たる者、誰に対しても非礼の働きがあってはならんからな。そして、当人の意志に反して人を留めるのは、非礼に他ならない。

ヴァージス　まったくもって、私も同感です。

ドグベリー　ははは！　では皆の者、おやすみ。何か重大事があったら、私を起こすこと。仲間の秘密を守るんだぞ、それに自分の秘密も、ではおやすみ。〔ヴァージスに〕行こうか、御同役。〔ドグベリーとヴァージスは退場しかける〕

シーコール　さて皆の者、命令は聞いたな。この教会のベンチに腰を下ろして午前二時まで見張りだ、それから全員眠ってよい。

ドグベリー　〔戻ってくる〕もう一言、皆の者。レオナートー殿の館の入口は特に念を入れて見張ってもらいたい、明日は婚礼が行われることとゆえ、今夜は大騒ぎになるはずだ。では気をつけてな、頼んだぞ。〔ドグベリーとヴァージスは退場する〕

〔ボラーチオーとコンラッドが登場する〕

ボラーチオー　おい、コンラッド！

シーコール　〔傍白〕しっ、動くんじゃない。
ボラーチオー　おいったら、コンラッド！
コンラッド　ここだ、お前さんの肘のそばだ。
ボラーチオー　道理で肘がむずがゆいや。悪い病気もちがいるのかと思ったぜ！
コンラッド　それについての返事は後ほど。まずは、話の続きを聞かせてくれ。
ボラーチオー　じゃ、おれと一緒にこの庇《ひさし》の下に入れよ、雨模様だ。そうしたら、酔っ払いらしく、一切合財話してやろう。
シーコール　〔傍白〕なにかの謀反らしいぞ。用心が肝腎だ。
ボラーチオー　そういうわけで、おれはドン・ジョンから一千ダカットせしめたのだ。
コンラッド　まさか、そんなにもうかる悪事があるのか？
ボラーチオー　それも言うなら、そんなに金回りのいい悪党がいるのか、とそうこなくちゃ。だってな、金回りのいい悪党が金欠の悪党の力を借りるとなると、謝礼は金欠の悪党の望み次第となるわけだ。
コンラッド　たまげたな。
ボラーチオー　そう言うお前はものを知らない。いいか、上着や帽子や外套のはやりの型を見ても、そいつを身に着けてる人間のことは分らない。

コンラッド　そう、ただの服装だものな。

ボラーチオー　おれが言ってるのははやりの型のほうだ。

コンラッド　そうだ、型は型だものな。

ボラーチオー　畜生、その調子だと、馬鹿は馬鹿だということになってしまうよ。だがな、分らないか、はやりの型ってものはとんでもない妖怪変化の泥棒なんだぞ。

夜警　〔傍白〕知ってるぞ、その妖怪変化って野郎は。ここ七年ばかり盗みを働いてきた悪党だが、紳士のふりをして世を渡っている。名前には覚えがあるな。

ボラーチオー　ひとの声がしなかったか？

コンラッド　いや、この館の風見鶏だ。

ボラーチオー　よく聞けよ、いいか、はやりの型ってものは、妖怪変化の泥棒なんだ。十四歳から三十五歳までの血の気の多い連中には必ず取りついて、すすけた絵に現れるエジプト王(13)に従う兵士のような恰好をさせるかと思うと、古い教会の窓を飾るベルの神(14)の司祭のようななりをさせる。また時には、汚れた虫食いだらけの壁掛けに描かれた髭を剃ったヘラクレス、それ、自分の棍棒ほどに太い股袋を着けたあのすがた(15)にあやかろうとさせることもある。

コンラッド　そいつはよく分る。それに、こいつもおれは分ってるぞ、そら、はやりの型のせいで人は必要でもない服を着る羽目になる。だがそう言うお前もはやりの型に目がくらんでるんじゃないのか、話をそらしてはやりの型を採り上げたりして？

ボラーチオー　それは違うぜ。だがな、今夜おれは、ヒーロー様に仕えるマーガレットを口説いたんだ、ヒーローと呼びかけて。あの女はご主人の部屋の窓からおれに向かってしなだれかからんばかり、おれと一千回も別れを惜しんだ――いや、こういう話し方はまずいな。まずもってこう言わなくちゃならない、つまりだ、領主とクローディオーとうちの旦那が、旦那の手引きでその場に居あわせ、旦那にはめられて、はるかかなたの果樹園からおれたちの濡れ場を見ていたというわけだ。

コンラッド　それで、みんなはマーガレットがヒーローだと思いこんだのか？

ボラーチオー　そのうちの二人、領主とクローディオーはな。だが悪党の旦那には、女がマーガレットだってことは分ってた。だのに誓いを立てて二人をたぶらかし、夜の闇を幸い、二人の目をくらましたが、いちばんの手柄はこのおれの悪党ぶり、ドン・ジョンから聞いていた中傷が事実だと信じこんだクローディオーは腹を立ててその場を去り、明日の朝、予定通り教会で女に逢ったら、満座の中で、今夜目撃した事件を種に女を辱める、そして夫なしで家へ追い返すと誓ったのだ。

第一の夜警　〔二人に近づく〕御領主の名において命じる、動くな！

シーコール　署長を起こしてこい！　この国でも稀に見る危険千万な猥褻行為を再発見したぞ！

第一の夜警　このうちのひとりの名は妖怪変化であります。巻き毛を伸ばしているの(16)で分ります。

コンラッド　お役人様、お役人様——

シーコール　貴様は妖怪変化を突き出す羽目になるぞ、分ったか。

コンラッド　お役人様——

シーコール　しゃべるな、命令だ！　貴様に従って連行するぞ。

ボラーチオー　〔コンラッドに〕おれたちは上等の品物になりそうだな、この連中の矛で護られてるじゃないか。

コンラッド　きっと、お尋ね者の品物だ。さあ、ついて行くよ。〔一同は退場する〕

## 第三幕第四場

〔ヒーロー、マーガレット、アーシュラが登場する〕

ヒーロー　ねえアーシュラ、ベアトリスを起こしてきて。
アーシュラ　分りました。
ヒーロー　それから、ここへ来てくださいと言って。
アーシュラ　はい。〔退場する〕
マーガレット　ほんと、もうひとつの襞襟《ひだえり》のほうがお似合いですよ。
ヒーロー　いいえ、メグ、お願い、私、これにしたい。
マーガレット　本当にそれは駄目です、きっとベアトリスさんもそうおっしゃいます。
ヒーロー　従姉は見る目がないの、お前さんもそうよ。私はこれでなきゃいや。
マーガレット　あちらの部屋にある新しい髪飾りは結構なお品ですね、髪の色がもう少し茶色ならなおいいのですが。それからガウンは最新流行。ミラノ公爵夫人のガウンを拝見したことがありますが、皆さんほめていらっしゃいました。

ヒーロー　ああ、あれは立派な品ね、評判がいいわ。

マーガレット　でもお嬢様のものと比べたら寝間着のような代物です――金色の布に切りこみが入っていて、銀色の縁取りがあって、真珠がちりばめられていて、ぴったり身についた両袖、それから飾り袖、そしてスカートの下を飾る青みがかった薄絹の布(17)には金糸銀糸の刺繍が施してある、そういう品です。でもね、綺麗で上品で優雅で見飽きがしないことにかけては、お嬢様のお召し物のほうが十倍も上ですよ。

ヒーロー　これを着ていい気持ちになりたいわ。だってとても気が重いのだもの。

マーガレット　もうすぐもっと重くなりますよ、殿方の重みで。

ヒーロー　まあ何てことを！　恥ずかしくないの？

マーガレット　何がですか？　道に適ったことを申したのが？　身分の低い者にとっても、結婚は道に適ったことでしょう？　お嬢様の思い人は、結婚していなくても道に適ったお方でしょう？　分りました、失礼ながら、「夫」と言ってほしかったのですね。いかがわしい思いを抱いていると、相手の真意が分らなくなるのかもしれませんが、私、差し障りのあることは申しておりません。「夫のおかげでもっと重くなる」、これが具合が悪いのですか？　いいえ、少しも、正式に結婚した夫婦の間柄なら。もしもそうでない間柄なら、それはただの軽はずみ、重くなんかありません。

〔ベアトリスが登場する〕

何ならベアトリスさんにお訊ねください。ほら、いらっしゃいました。
ヒーロー　おはよう。
ベアトリス　おはよう、ヒーロー。
ヒーロー　おや、どうしたの？　病人のような声を出して。
ベアトリス　こういう声しか出なくなったの。
マーガレット　手拍子を打って「恋の気まぐれ(18)」でもお歌いください。あれなら、男が歌う折り返しはありません。歌ってくださったら、私が踊ります。
ベアトリス　「恋の気まぐれ、尻軽に」ってこと？　それでご亭主が奮いたったら、あなたは立派な子だくさんになるというわけね。
マーガレット　まあ、筋の通らない言いがかり！　この足で踏んづけますよ。

ベアトリス　間もなく五時ね、ヒーロー。そろそろ支度をしなきゃ。ああ、私ほんとに気分が悪い。やれやれ！

マーガレット　やれやれ、何ですか？「旦那様がほしい」でしょうか？

ベアトリス　ほしいのは、この気分を振り払ってくれるもの。

マーガレット　よもや異教徒になられたわけではなし。万一そうなら、北極星を目印に航海することもできなくなります。[19]

ベアトリス　何を馬鹿なことを言ってるの？

マーガレット　別に何も。ただ、神様がどなたにも望むものをお与えくださるように祈ります。

ヒーロー　伯爵様がくださったこの手袋、とてもいい香りがするの。

ベアトリス　私は鼻づまりで香りが分らない。

マーガレット　生娘でもどこやらが詰まってる！　結構な風邪を引かれたものですね。

ベアトリス　ああ神様、神様、いつから気の利いたことを言うようになったの？

マーガレット　あなた様がそれをおやめになった時から。私が言うことはさまになっておりませんか？

ベアトリス　さまになるほどには目立たないのよ。帽子の飾りにつけておいたら?
ああ、ほんとに気分が悪い。
マーガレット　それなら、カルドゥウス・ベネディクトゥス草(20)を煎じた汁を少々手に入れて、心臓のところに塗ることです。気鬱症の特効薬です。
ヒーロー　この人の痛いところを突いたわね。
ベアトリス　ベネディクトゥス?　なぜベネディクトゥス?　何か変な意味をこめてベネディクトゥスと言ってるの?
マーガレット　変な意味?　とんでもない。変な意味などありません、私は薬草のあざみのことを申しているだけです。ははあ、あなた様は恋をしておられると私が考えてる、と考えておられるのかもしれませんね、あなた様は。いいえ、神かけて申します、私は好き勝手なことを考えるほど愚か者ではありません、考えられることを考えたいと思うほど好き勝手でもありません。それより何より、私はどれほど頭を絞っても、できないのです、あなた様が恋をしておられるとか、これから恋をされるだろうとか、恋をされることがありうるとかと考えることは。ただ、ベネディック様も同様でしたが、今ではただの男になってしまわれました。決して結婚などせぬと誓っておられたのに、今ではその誓いを破り、不平を言わずに人並みの食事をしておられます。さあ、あなた様がどのようにお変わりになるか、それは私には分りませんが、どうやら世の女どもと同じ目でご覧になっているような気がします。

ベアトリス　よくもそんな調子でしゃべり続けられるものだね。

マーガレット　大丈夫、つまずいたりはしません。

〔アーシュラが登場する〕

アーシュラ　お嬢様、館へお入りください！　御領主様、伯爵様、ベネディック様、ドン・ジョン様、その他、この町のお歴々が勢ぞろいして現れ、お嬢様を教会へお連れするべくお待ちでございます。

ヒーロー　お願い、着付けを手伝って、ベアトリス、マーガレット、それにアーシュラも。

〔一同は退場する〕

# 第三幕第五場

〔レオナートー、警察署長ドグベリー、警吏ヴァージスが登場する〕

レオナートー　何の御用だな、御同役？

ドグベリー　それがであります、いかがわしい話でありまして、閣下の面目に関わりがございます。

レオナートー　簡略に願いたい、今日は見ての通り取りこみがあるのでな。

ドグベリー　さよう、そういうことであります。

ヴァージス　はい、そういうことであります。

レオナートー　どういうことなのかね、御両人？

ドグベリー　ヴァージス殿の話は少々的外れになることがあります。老人でありまして、ぼけると申しても私が望むほどではありませんが、まったくもって、正直者であることは顔を見れば分ります。

ヴァージス　はい、おかげをもちまして、誰にも負けぬ正直者であります、つまり、老人で私ほど正直でない者が相手ならばということであります。

ドグベリー　他人と比べるのは臭みがすぎるぞ。言葉を慎まれよ、ヴァージス殿。

レオナートー　二人ともくどいな、御同役。

ドグベリー　これはまた恐れいります。さりながら、私どもは哀れな公爵に仕える役人であります。さりながら、このわたくしめ、国王ほどにもくどい[21]ようなら、それをすべて閣下に進呈したいと思う者であります。

レオナートー　くどさ加減をすべてと言われるか？

ドグベリー　さようであります、たとえ一千ポンドも値打ちが上がってもであります。と申しますのも、閣下はこの町では誰よりも評判がかしましい、それがし自身は貧しくとも、それを聞くのは喜ばしいからであります。

ヴァージス　私もそうです。

レオナートー　何を言いたいのだ、そのほうは、知りたいものだな。

ヴァージス　それが閣下、閣下の御免を蒙りますが、昨夜、部下の夜警がメシーナに隠れもない悪党を二人、捕えたのであります。

ドグベリー　この老人はひとはいいのですが、しゃべり出したらとまりません。世にも言う通り、「年が増えたら知恵が減る」[22]ですな。いやまったく、とんだ見ものであります！　よく言ってくださった、ヴァージス殿。いや、神様のおかげだ。二人で馬に乗ろうとすると、ひとりは後ろにまわる[23]ことになる。世にも稀な正直者ですよ、閣下、この男は。さりながら、神のお許しを得て申すなら、ひとはすべて同じからず。残念だな、ヴァージス殿！

レオナートー　まったくだ、御同役、この方はそのほうには及ばぬ。

ドグベリー　それも神のおかげであります。

レオナートー　これで失礼せねばならぬ。

ドグベリー　もう一言、閣下。配下の夜警が、何を隠そう、派手派手しい悪党二人の身柄を諒解しました。ついては今朝、閣下の御前で二人を取り調べたいと存じます。

レオナートー　取り調べはそのほうに任せる、結果を知らせてくれ。ご覧の通り、それがしは急いでいるのだ。

ドグベリー　では、そろりそろりとお参りなされませ。

レオナートー　行く前に一杯やるがいいぞ。ではこれにて！

〔使者が登場する〕

**使者**　旦那様、皆さんがお待ちかねです。お嬢様を花婿に引き渡す役をお務めくださいますよう。

**レオナートー**　すぐに行こう。用意はできている。

〔使者とともに退場する〕

**ドグベリー**　これ御同役、フランシス・シーコールのもとへ行ってくだされ。ペンとインク瓶をもって監獄へ来いと、そう伝えていただきたい。これからあの二人の取り調べにかかるのだ。

**ヴァージス**　ぬかりなくことを運びましょうぞ。

**ドグベリー**　知恵の出し惜しみは、断じてないぞ。やつらを追いつめて、うんと泥を吐かせてやろう。ただ、学のある書記に破門宣告の次第を記録させねばならん。では、後ほど監獄にて。

〔二人は退場する〕

# 第四幕第一場

〔ドン・ペドロー、腹違いの弟ドン・ジョン、レオナートー、修道僧フランシス、クローディオー、ベネディック、ヒーロー、ベアトリスなどが登場する〕

**レオナートー**　さあフランシス殿、どうか簡略に。二人を結婚させたらそれでよし、夫婦それぞれの心得については後ほどお諭しくだされ。

**修道僧**　伯爵様、このご婦人との婚礼を執り行うべくここへ来られたのですな？

**クローディオー**　いいえ。

**レオナートー**　結婚するために、ですよ、フランシス殿。婚礼を執り行うのは貴方の役目だ。

**修道僧**　お嬢様、あなたはこの伯爵と結婚するためにここへ来られたのですな？

**ヒーロー**　さようでございます。

**修道僧**　もしもお二人のどちらかが、この縁組の妨げとなる内密の事情をご存じなら、それを明らかにしていただきたい、ご自分の魂にかけて。
クローディオー　何かあるか、ヒーロー？
ヒーロー　何もありません、伯爵様。
修道僧　何かありますか、伯爵様？
レオナートー　私がお答えしましょう、何もありません。
クローディオー　ああ、何ということをやってのけるのだ、人間は！　何ということを、臆面もなく！　日ごとに行うのだ、自分が何をしているか分りもせぬことを！
ベネディック　何だこれは？　感嘆文の連発か？　こうなれば、笑うやつも現れるぞ、それハハハと。
クローディオー　下がってください、修道僧様。〔レオナートーに〕父上、失礼します、やましくも後ろめたくもない思いで、この方を私にくださるのでしょうか、娘御を？
レオナートー　いかにも、神がこの者を私に与え給うた時のように。
クローディオー　では、私は何をお返しにさしあげたらいいのでしょう、これほど類いまれな贈り物にふさわしいどんなものを？

ドン・ペドロー　それは無理だ、この方をそのまま返すほかない。
クローディオー　御領主様、有難い礼節をお教えくださいました。
ではレオナートー殿、この方をそのままお納めください。
この腐ったオレンジをご友人に贈ってはなりません。
この方が操正しく見えるとしたら、それは上辺だけ。
この通り、生娘のように顔を赤らめている！
ああ、何ともっともらしい、まことしやかな芝居を
やってのけるのだ、狡猾な罪という代物は！
この赤面は、まるで慎ましいあかしのように見えるではないか、
素直な美徳の？　ひとはみな誓うだろう、
この上辺を見たら、この女は生娘だと。
だが、そうではないのだ。
この女は、放埒な床《とこ》の熱気を知っている。
赤面は慎みではなくて、罪の意識の表れなのだ。
レオナートー　何をおっしゃりたいのですか？

クローディオー　結婚するつもりはない、わが魂を捧げる気はないのだ、
札つきの淫婦に。
レオナートー　伯爵様、もしも貴殿がはやり立って、
若い娘が抗うのを抑え、
操を奪ってしまわれたのなら——
クローディオー　お話は分ります。私がこの女と親しくなっているとしても、
女のほうでは私を夫として抱いたのであり、
婚前に犯した罪は消える、そうなのでしょう。
違うのだ、レオナートー、
私は淫らな言葉で誘惑したことなどない、
兄が妹に対するように、
控えめな誠意と節度ある愛情をもって接してきたのです。
ヒーロー　私がそれにふさわしからぬ者に見えたことがありますか？
クローディオー　やめろ、猫をかぶるのは！　その嘘偽り、私があばこう。
見かけはまるで月の女神ダイアナ、

まだ開かぬつぼみのように貞淑そうだが、
実はヴィーナス(1)をしのぐ奔放な血をたぎらせ、
甘やかされた獣のように
官能の嵐に突き動かされている。

ヒーロー　お加減が悪いのですか、見当違いなことをおっしゃって？

レオナートー　〔ドン・ペドローに〕御領主様、なぜ黙っておられます？

ドン・ペドロー　何を言えというのだ？
私は面目ないのだ、
親友を淫売に取りもったのだから。

レオナートー　そんな言葉が発せられているのか、それとも私は夢を見ているのか？

ドン・ジョン　発せられているのです、そんな言葉が、そしてそれはまことなのです。

ベネディック　こいつは婚礼らしくないな。

ヒーロー　まことですって？　ああ神様！

クローディオー　レオナートー、私はこの場にいるのか？
この方は御領主なのか？　そしてこの方は御領主の弟なのか？

これはヒーローの顔なのか？　我らは自らの目でものを見ているのか？

レオナートー　すべてその通りです。でも、それがどうしたのでしょう？

クローディオー　娘御に訊ねたいことがひとつだけあります。
だから血を分けた父親としての力を用いて、
真実の答えをするように命じていただきたい。

レオナートー　そうせよと命じる、そなたは私の娘なのだから。

ヒーロー　ああ神様、虐げられたこの身にどうかお助けを！
これは何という教義問答なのでしょう？

クローディオー　そなたの名にふさわしい答え[2]を求めているのだ。

ヒーロー　私の名はヒーローではないのですか？　この名をしかるべき非難によって
汚すことが誰にできましょう？

クローディオー　いや、ヒーローにはそれができる。
他ならぬヒーローにはできるのだ、ヒーローの美徳を汚すことが。
あの男は何者だ、昨夜、十二時と一時の間に、
そなたの部屋の窓辺でそなたと口を利いていたのは？

さあ、そのほうが生娘なら、答えてみよ。
ヒーロー　その時刻には誰とも口を利いてはおりません。
ドン・ペドロー　ほう、それならそのほうは生娘ではない。レオナートー殿、
残念だが聞かせるほかない。それがしの名誉にかけて言うが、
それがし自身、わが弟、そしてこの嘆きの伯爵が、
見もし聞きもしたのだ、この女が昨夜その時刻に
窓辺で不届き者と語りあっていたのを。
その男は、いかにも放埒な無法者らしく、
認めたのだ、両人がひそかに一千回も
汚らわしい出会いを果たしたことを。
ドン・ジョン　これ、口に出して言うものではない、兄上、
お控えなされ！
どんな言い方をしても、
差し障りがありすぎます。そういうわけで、娘御、
残念に存じます、あなた様の並外れた不品行は。

クローディオー　ああヒーロー！　そなたは自分の名に恥じぬ者になっていたはず、
もしもそなたの外見の美しさのせめて半ばが、
内なる思いや心の動きを飾っていたなら！
さようなら、世にも汚らわしく、世にも麗しい人よ。さらばだ、
純粋の不敬、不敬な純粋の権化なる人よ。
そなたゆえに、私は愛の扉をすべて閉ざし、
まぶたには疑いの念を垂らして
あらゆる美女をまがまがしいものと見なし、
二度と恋情に駆られることはないだろう。
レオナートー　誰もいないのか、私に剣の切っ先を向けてくれる者は？
　〔ヒーローは気を失う〕
ベアトリス　どうしたの、あなた！　なぜ倒れたの？
ドン・ジョン　さあ、参りましょう。御乱行《ごらんぎょう》が明るみに出て、
この方は生気を失ってしまわれたのだ。

〔ドン・ペドロー、クローディオー、ドン・ジョンは退場する〕

ベネディック　どうされた、娘御は？

ベアトリス　死んでしまった、きっと。助けて、叔父様！

ベアトリス　ヒーロー！　ヒーローったら！　叔父様、ベネディックさん、修道僧様！

レオナートー　ああ運命の神よ、そなたの重い手を、そのままそこに！

この子の恥辱を隠すためには死よりも麗しい覆いは

望むべくもないのだ。

ベアトリス　おや、どうしたの、ヒーロー？

〔ヒーローが身体を動かす〕

修道僧　元気を出しなさい。

レオナートー　目を開けたのか？

修道僧　そうです、何の不思議もありません。

レオナートー　不思議もない？　でも、誰も彼もが

この子を恥知らずと呼んでいるではないか？　この子は否定することができるのか、

先ほどの赤面が示した物語を？
生きていてはならぬ、ヒーロー。目を開けるのではない！
なぜなら、お前がすぐには死なぬ、
お前には恥辱に負けぬ生命力があるのだと思ったら、
私はそれを責め、自らお前の
命を絶つ気でいるからだ。私は悲しんだか、ひとりしか子供がいないことを？
それを盾にとって、自然の心の狭さを咎めたか？
ああ、ひとりでも多すぎる、それがお前なら！　なぜこの子をもうけたのだ？
なぜお前をいとしく思ったのだ？
なぜ私は慈悲心に駆られて
門前の捨て子を拾わなかったのだ、
その子なら、こうして汚れ、汚辱にまみれていても、
私は言えたであろう、「これは私の血を引いてはいない、
こういう恥辱の塊は見知らぬ者の腹から出たのだ」と。
だがこれはわが子、いつくしみ、ほめたたえ、

誇りにしてきたわが子なのだ――かけがえのないわが子だから、
わが身さえどうでもよくなった、
この子に比すれば。ああ、この子は――この子は泥沼に
落ちてしまった、大海原の水も
この子の穢れを洗い流すには足りぬ、
大海原の塩もこの子の汚れた肉体を
清めるには足りないのだ。

ベネディック　これ、レオナートー殿、どうかご辛抱を。
この私も、驚きのあまり、
言うべきことが見つかりません。

ベアトリス　間違いなし、従妹は中傷されたのです！

ベネディック　この方とともに休まれたのかな、昨夜は？

ベアトリス　いいえ、とんでもない――ただし、
それまでの十二か月は、ずっと寝所をともにしておりました。

レオナートー　これで決まった！　この子の罪はさらに強固なものとなったぞ、

すでに鋼《はがね》のたがで締め上げられていたのだが。
御領主と弟君が揃って嘘をつくか、クローディオーが嘘をつくか、
ヒーローを慕うあまり、悪行を非難しながら
涙を流していたではないか。もう行こう。この子は死なせよう。

修道僧　しばらくお聞きを。
私がずっと黙って、
ことの成り行きに任せておりましたのは、
御息女の様子を見ていたゆえ。そして気づいたのは、
やましさに顔を赤らめようとするたびに、
必ず無垢な恥じらいが天使のように白い面となって、
赤面にとって代わることでした。
そしてまなこには、御領主たちが乙女の真実に向かって
かざす偽りを焼き尽くそうとする
焔《ほのお》が浮かんだのです。私を愚か者呼ばわりされてもいい、
書物から得た私の学識、私の眼力をお疑いになってもいい、

それらは私の経験によっても裏づけられておりますが。
また、私の年の功、私の任務、神に仕えるこの身分も、
お疑いくださるがよろしい、
もしも御息女がひどい誤謬のせいで罪もないのに
ここにこうしておられるのでないならば。

レオナートー　修道僧殿、それは誤り。
娘に救われる余地があるとするなら、
それは、地獄堕ちの罪に加えて
偽りの誓いという罪を犯さずにすむことだけ。娘は罪を否定してはおりません。
なぜ口実を設けて
明々白々な罪を隠そうとなさるのですか？

修道僧　お嬢様、何者なのです、罪を犯した相手というのは？

ヒーロー　それは、私を咎めておられる方々がご存じのこと。私には分りません。
もしも私が、乙女の慎みが許す以上に
どこかの殿方と親しくしているのなら、

その時は罪の赦しを求める気はまったくありません！——ああお父様、
もしもどこかの男がふさわしからぬ時刻に私と話をしていた、
あるいは昨夜、私が誰かと言葉を交わしていた
証拠があると言われるのなら、
親子の縁を切り、私を憎み、なぶり殺しにしてください！

修道僧　御領主たちは何か妙な思い違いをしておられるのです。

ベネディック　そのうちのお二人は何よりも名誉を尊ぶお方。
もしもあのお二人が惑わされているなら、
それは腹違いのジョン殿のせいに違いない、
何しろ悪事となると精を出す人物なのだから。

レオナートー　そうでしょうか。もしも娘についての御領主たちのお話が真実なら、
私はこの手であの子を八つ裂きにするまで。もしもあの話が嘘偽りなら、
私は、どれほど高い身分の相手でも、目にもの見せてくれましょう。
この身は、歳月ゆえに血気が衰えていることも、
老齢ゆえに頭脳が鈍っていることもありません。

また、運命のせいで財産を台無しにされたことも、
悪行のせいで多くの友人を失ったこともありません。
だから御領主たちは、
強い手足、沈着な精神、
その上、資力や友人の応援を向こうにまわして、
手痛い復讐を受けることになるのです。

修道僧　　しばらくお待ちを、
この件については私の提案に従っていただきたい。
御息女は死んだものとして、御領主たちは立ちさられました。
しばらく御息女は館に身を隠し、
世間には本当に亡くなった旨、発表するのです。
公に喪に服する様子を見せ、
ご一家の霊廟には
弔辞を記した文書を掲げ、埋葬に関わる
すべての儀式を営まれるのです。

レオナートー　それでどうなるのです？　それが何の役に立つのですか？

修道僧　さよう、ことをうまく運んだら、御息女を
非難する気持ちは悔恨に変わるでしょう。それだけでも好都合です。
ただし、私がこんな奇妙な案を考えついたのは、それを狙ってではなく、
もっと大きな実りを生み出さんがため。
御息女の死は、あくまでも非難を受けたその瞬間に
起こったこととせねばなりませんから、
やがて人みなが、それを嘆き、憐れみ、赦すようになりましょう。
なぜなら、手元にあるうちは、
そのものの値打ちが十分に分ってはいないのに、
ひとたびそれを失ってしまうと、
あれはまったく貴重なものだった、
手元にあるうちは値打ちが分っていなかったと感じるようになる、
これが世の常であるからです。クローディオーもそうなるに違いない。
自分の言葉のせいで御息女が死んだと聞いたら、

生前のことが
楽しくも思い出され、
愛しかった立居振舞のあれこれが、
世にあった頃にもまして、かけがえのないもの、
やさしく生き生きと目に浮かび、
胸に迫るものとなるでしょう。こうしてあの方は
死者を悼《いた》まれるようになります――
そう、愛する思いがほんものであったのなら――
そして、あんな非難を浴びせるのではなかったという気になります、
たとえ、ゆえあっての非難だと思っていたとしても。
計画通りに運んだら、成功は必定《ひつじょう》、
私が思い描くこともできぬほどの
事態となりましょう。
だがかりに、これ以外の
あらゆる狙いが外れても、

御息女の死という作り話によって、
不品行を疑う思いは必ず消えるでしょう。
万一そうならなければ、傷ついた名誉にふさわしく、
身柄を隠して、ただひとり信仰に生きる暮らしを選ばせるのが上策、
それ、他人の目や口や心や攻撃が届かぬ場所で。

ベネディック　レオナートー殿、このお方の助言に従うことです。
そしてこの私は、ご存じの通り、御領主とクローディオーを
親しく敬愛してはおりますが、
この件については、私の名誉にかけて、
秘密と正義を守ります、
魂が肉体に対するがごとくに。

レオナートー　　　　悲しみに押し流されるこの身は、
どれほど細い糸でもすがるほかありません。

修道僧　よくぞ決断された。さあ参りましょう。
思いがけぬ怪我には思いがけぬ重い治療を施すことです。

お嬢様、死んだことにして生きるのです。今日の婚礼は日延べされただけのことかもしれぬ。ご辛抱が肝腎です。

〔ベアトリスとベネディックを除く人物たちは退場する〕

ベネディック　ベアトリスさん、ずっと泣いていたのかい？

ベアトリス　ええ、もっと泣いていたいわ。

ベネディック　それはいやだな。

ベアトリス　そんなことを言われる理由はないわ。私は勝手にこうしているだけ。

ベネディック　そう、確かにあなたの従妹は濡れ衣を着せられた。

ベアトリス　ああ、私にふさわしい人なら、あの人の汚名をすすいでくれるはず！

ベネディック　そういう友情を示すにはどんなやり方が？

ベアトリス　分りやすいやり方があるわ、でもそんな友達がいない。

ベネディック　男にできることなのだろうか？

ベアトリス　それは男の仕事よ、でもあなたの仕事ではない。

ベネディック　僕はあなたをこの世の誰よりも愛している。変じゃないかね？

ベアトリス　変だわ、だって私が知らないことなのだもの。それなら、私だって言えそうね、ほら、あなたを誰よりも愛していると。でも、信じてはだめ――ただし私は嘘をついてはいないわ。何かを告白してもいない、否定してもいない。従妹が気の毒なのよ。

ベネディック　この剣にかけて誓おう、あなたは僕を愛している。

ベアトリス　誓っておいて、それを呑みこんだりしないでね。

ベネディック　剣にかけて誓おう、あなたは僕を愛していると、そして、僕があなたを愛してはいないと言うやつには、この剣を呑みこませてやる。

ベアトリス　誓いの言葉は呑みこまないと?

ベネディック　そいつに合うソースがない。もう一度言おう、あなたを愛している。

ベアトリス　おや、神様どうかお赦しを。

ベネディック　何か気に障ることでも?

ベアトリス　いいところでとめてくださった、私もあなたを愛していると誓うところだったから。

ベネディック　それならどうぞ、うんと心をこめて。

ベアトリス　あなたを愛することに心をこめすぎたから、もう誓う言葉が残っていないの。

ベネディック　さあ、あなたのためなら何でもしよう、どうか命令を。

ベアトリス　殺して、クローディオーを。

ベネディック　ふむ、それはできない、何としても。

ベアトリス　そのお返事が私にとっては命取り。さようなら。〔行こうとする〕

ベネディック　行かないでくれ、ベアトリス。〔彼女を留める〕

ベアトリス　私がここにいても、私の思いはここにはいない。あなたは私を愛してはいないのだもの。さあお願い、私を行かせて。

ベネディック　ベアトリス――

ベアトリス　本当に、私行くから。

ベネディック　その前に仲直りしよう。

ベアトリス　私と仲直りするのはわけはない、でも私の敵と戦うことはできない、そうなのね。

ベネディック　クローディオーがあなたの敵だと？

ベアトリス　極めつきの悪党じゃないの、血のつながった私の従妹を中傷し、悪口雑言を浴びせた人物よ。ああ、私は男になりたい！　何よ、女をたぶらかして結婚まで漕ぎつけると、不意に大勢の前で非難し、容赦なく辱めるとは。ああ神様、男になりたい！　あの男の心臓を食べてやりたい、人が集まる市場で。

ベネディック　ちょっと、ベアトリス――

ベアトリス　窓辺で男と語りあっていたって！　何をもっともらしい！

ベネディック　いや、でもベアトリス――

ベアトリス　やさしいヒーロー！　身に覚えのないことを言われて破滅してしまった。

ベネディック　ベアト――

ベアトリス　御領主だの伯爵だの！　確かに身分ある人らしい言い草だわ、ご立派な伯爵様！　砂糖菓子様、甘い色男様。ああ、男になってあの人の相手をしたい！　それとも、友人はいないものか、私のために男になってくれるような！　でも今や男らしさは溶けてしまって単なるお辞儀の仕方となり果て、勇気はお世辞の言い方と変じ、男はすべて口舌の徒、それも口当たりのいい者ばかりになってしまった。今では嘘の誓いを立てるだけの男がヘラクレスに劣らぬ勇者とされている。なりたいと思って男になれるわけはないのだから、私は嘆きながら女として死ぬことにしよう。

ベネディック　どうかお待ちを、ベアトリス、この手にかけて、僕はあなたを愛している。

ベアトリス　愛しているなら、その手にはもっと他の使い方があるでしょう、誓うためでなく。

ベネディック　心から信じているのか、クローディオー伯爵はヒーローを不当に傷つけたと？

ベアトリス　その通り、私に心や魂があるものなら。

ベネディック　分った、心は決まった。あの男に決闘を申しこもう。あなたの手に口づけして、立ちさることにしよう。この手にかけて、クローディオーは痛い目に遭うことになるだろう。僕の噂が耳に入ったら、それを信じてほしい。さあ、従妹を慰めてあげてくれ、死んだことになっている方だ。ではこれにて。

〔二人は別々の戸口から退場する〕

## 第四幕第二場

〔警察署長ドグベリーとヴァージス、書記をつとめる墓守が、いずれも黒いガウンを着て登場する。夜警たち、ボラーチオー、コンラッドも登場する〕

ドグベリー　全員出張しておるかな？

ヴァージス　ああ、腰掛とクッションを書記殿に。

墓守　〔腰をおろす〕容疑者は誰ですかな？

ドグベリー　ああ、それは私、それに私の相棒。

ヴァージス　いかにもさよう、吟味すべき任命を頂いておりますからな。

墓守　いや、吟味すべき容疑者は誰なのです？　〔ドグベリーに〕その連中を前に出してくだされ、署長殿。

ドグベリー　承知しました。これ者ども、前へ出よ。〔夜警がボラーチオーとコンラッドを前に出させてから、後ろに下がる〕〔ボラーチオーに〕名は何と言われるな？

ボラーチオー　ボラーチオーです。

ドグベリー　〔墓守に〕「ボラーチオー」と書き留めてくだされ。〔コンラッドに〕そのほう、名は何だ?

コンラッド　それがしは紳士(3)だ、名はコンラッド。

ドグベリー　「紳士コンラッド殿」とお書きくだされ。お二人様は神に仕えておられるかな?

コンラッド
ボラーチオー　｝いかにも、そう心得ております。

ドグベリー　お書きくだされ、「両人とも神に仕えていると心得ておる」と。それから、神を先に書くこと、神がこういう悪党どもの後に来るようでは、神に申し訳がない。これ、御両人、そのほうたちは嘘つきの悪党とほとんど変わらぬという証拠がすでに揃っており、事実その通りに他ならんことがほどなく明らかになるはずだ。これについての言い分はどうだ?

コンラッド　そういう者ではありません、私どもは。

ドグベリー　なかなか頭の働くやつだな。だが、こいつと一戦交えることにしよう。

〔ボラーチオーに〕おい、お前だ。よく聞けよ、お前たちは嘘つきの悪党だと言っておるのだ。

ボラーチオー　それならよくお聞きを、そういう者ではありません。

ドグベリー　よし、下がれ。何と、両人の話は合っておるぞ。〔墓守に〕書きましたか、両人はそういう者ではないと？

墓守　署長殿、これでは取り調べになりませんな。夜警を呼びだすことです、この二人の悪行の証人の。

ドグベリー　なるほど、それは妙案だ。これ夜警、前へ出よ。〔夜警たちは進み出る〕そのほうたちに、御領主の名において命じる、この者たちの悪行について証言せよ。

第一の夜警〔ボラーチオーを指す〕この者は、御領主の弟のドン・ジョンは悪党だと申しました。

ドグベリー　書き留めよ、「ジョン殿は悪党だ」と。おい、これはまったくの偽証だ、御領主の弟を悪党呼ばわりするとは！

ボラーチオー　これ、署長殿――

ドグベリー　おい、そのほう、静粛に！　お前の顔つきが気に入らんのだ、まったくもって。
墓守　この者は他にどんなことを言いましたかな？
第二の夜警　はい、ドン・ジョンから一千ダカットを受け取った、ヒーロー様を中傷する褒美として、と。
ドグベリー　これは悪質な強盗行為だ！
ヴァージス　そう、その通りです。
墓守　その他には？
第一の夜警　それから、クローディオー伯爵は、この男の言葉を真に受けて、お集まりの方全員の前でヒーロー様に恥をかかせ、ヒーロー様と結婚するつもりはないことを明言するそうだと。
ドグベリー　何という悪党だ！　貴様はこのせいで未来永劫の救済に与《あずか》ることになるぞ。
墓守　他には？
夜警のひとり　これだけです。
墓守　そのほうたちもこれは否認できないな。ジョン殿は今朝ほどひそかに出奔された。ヒーローは計画通り非難され、計画通り結婚を断られ、悲しみのあまり急死した。署長殿、この二人を縛りあげ、レオナートーのもとへ連行していただきたい。私は一足先に参り、取り調べの次第を報告しましょう。〔退場する〕

ドグベリー　さあ、両人を論駁せよ。

ヴァージス　両手を縛るんだ――〔夜警たちは二人を縛ろうとする〕

コンラッド　おれにさわるな、馬鹿！

ドグベリー　何てことだ、書記はどこへ行った？　書き留めてもらわねば、御領主に仕える役人は馬鹿だと！　おい、二人を縛るんだ。〔抵抗するコンラッドに向かって〕このろくでなしめが！

コンラッド　消えろ！　貴様は間抜けだ、貴様は間抜けだ！

ドグベリー　貴様はおれの地位を軽視せんのか？　おれの年齢を軽視せんのか？　ああ、書記がここにいて書いてくれたらいいのに、おれは間抜けだと！　だが、皆の者、覚えておけよ、おれは間抜けだぞ。たとえ書き留めてなくても、忘れるなよ、おれは間抜けなんだ。やい、悪党め、貴様は敬意のかたまりだ、証人がいたら、すぐに分る。おれは頭がいい、なおその上に、役人だ、なおその上に、広い家を構えている、なおその上に、男ぶりならメシーナ一だ、なおその上に法律の心得があるときた！――そして金はたっぷりあるときた！――そして金をなくしたこともある、そしてガウン[4]なら二着もってる、身なりを飾るものなら何でもある、そういう男だ。――さあ、こいつを引ったてろ。――ああ、書き留めてほしかったな、おれは間抜けだと！

〔一同は退場する〕

# 第五幕第一場

〔レオナートーと弟のアントーニオーが登場する〕

アントーニオー　このままだと死んでしまうよ、
それに賢明ではない、わが身を
悲しみで苛《さいな》むのは。

レオナートー　やめてくれ、忠告は、
この耳にとっては無益だ、
篩《ふるい》の水同様に。忠告はやめろ、
それに、この耳はどんな慰めも受けつけはしない、
同様の痛手に悩む者が発する慰めの他は。
娘思いの父親を連れてくるのだ、
この身と同じく娘への愛を砕かれた父親だ、

そして辛抱を説かせるのだ。
その者の悩みとこの身の悩みを細かく比べ、
それぞれの痛みはかくかく、
それぞれの悲しみはしかじかと、
大枠、枝葉、すがたかたちにわたって吟味する。
もしもそういう男が微笑して髭を掻きなでながら
悲しみ、呻くべきところをふざけ顔で「ふん」と叫び、
決まり文句で悲嘆を取りつくろい、悲運を
こともなげにあしらうようなら、その男を連れてくるがいい。
そいつから辛抱を学ぼう。
だが、そんな男がいるわけはない。なぜなら、
自分が感じてもいない悲しみに対してなら、
なだめすかしたり慰めたりできるからだ、人間という者は。だがそれを
自ら味わったら、忠告は激情と化し、
もはや格言という薬で怒りを抑えたり、

すさまじい狂気を絹糸で縛ったり、
痛みを口舌、苦しみを言の葉で癒したりはしなくなるのだ。
そうとも、人は必ず、悲しみに押しつぶされそうになっている
者に向かって忍耐を説くが、
どれほどの徳や力の持ち主でも、
とても耐えられぬ、わがこととなると。
だからやめてくれ、忠告は。
この身の悲しみは助言で癒されるようなものではないのだ。

アントーニオー　それでは、大人といっても子供と変わりはない。

レオナート―　頼む、黙っていてくれ。私は生身の人間でいたいのだ。
どれほどの哲人でも、
おのが歯痛をおとなしく我慢したためしはない、
神のような言葉を綴り、
偶然や悲運を冷笑する輩《やから》でもな。

アントーニオー　だが、すべての災厄をひとりで引き受けることはない。

それをもたらした連中も苦しめてやることだ。

レオナートー　その通りだ。いや、そうしよう。

ヒーローが陥れられたことは確かだ。

そのことをクローディオーにも分らせてやろう、それに領主にも、

それに娘にこうして恥をかかせた連中すべてにも。

〔ドン・ペドローとクローディオーが登場する〕

アントーニオー　御領主とクローディオーが急ぎ足で来られる。

ドン・ペドロー　こんばんは、こんばんは。

クローディオー　やあ、御両人。

レオナートー　話があるのですが。

ドン・ペドロー　ちょっと急いでいてな、レオナートー殿。

レオナートー　お急ぎですか、御領主！　ではどうぞ、御領主。

それほどの急用で？　まあ、どうでもよろしい。

ドン・ペドロー　これ、喧嘩腰はやめてくれ、ご老体。

アントーニオー　喧嘩で兄の身の証《あかし》が立つなら、
死人が出ることになりますよ。
クローディオー　誰がこの方の体面を傷つけたと？
レオナートー　それはおぬしが、嘘つきのおぬしが！
これ、剣に手をかけるのではない、
怖くはないぞ、貴様など。
クローディオー　や、この手を呪います、
ご老体を怖がらせたとあっては。
本当です、剣に手をかけるつもりはなかったのです。
レオナートー　おいおい、ひとを馬鹿にしないでくれ！
このおれはぼけでも阿呆でもない、
若い頃はこうだった、老けていなければこうなるところだ
などと大口を叩いて大目に見てもらう
つもりもない。いいかクローディオー、はっきり言おう、
貴様は罪もないおれの娘とおれを辱めた、

こうなればやむをえぬ、おれは年甲斐もなく、
白髪頭と弱った身体を顧みず、
貴様に決闘を申しこむ。
いいか、貴様は何の咎もないおれの娘を陥れたのだ。
貴様の中傷はあの子の心臓を貫き、
あの子は今では祖先とともに葬られている——
ああ、あの墓で悪名が眠ったためしはなかったのに、
わが娘の悪名の前には。こうなったのも、ひとえに貴様の悪行のせいだ。
クローディオー　私の悪行？
レオナートー　そうだ、クローディオー、貴様の悪行だ。
ドン・ペドロー　それは話が違おう、ご老体。
レオナートー　御領主、御領主、
この男が受けて立つなら、思うさま痛い目に遭わせましょう。
稽古で磨いた剣の腕前も、
男盛りの血気も、知ったことか。

クローディオー　立ち去れ！　相手になる気はない、私は。

レオナートー　逃げるつもりか？　貴様は私の子を殺した。
私を殺したら、おい小僧、大人の男を殺したことになるのだ。

アントーニオー　我ら二人を殺させよう、大人を二人も片づけたことになるぞ。
だが、それはどうでもいい。まずおれを血祭りに上げることだ。
おれが相手だ！　かかってこい。
さあ、ついてこい、小僧。おい、どうした、腰抜け、かかってくるのだ。
さあ小僧！　おれを突こうとするなら、その剣、叩き落としてやる！
さあ、嘘は言わぬ、本気だ、おれは。

レオナートー　これ、弟――

アントーニオー　いや、ご辛抱を。本当だ、おれは姪を愛《いと》おしんでいた、
その姪が死んだのだ、悪党どもに中傷されて命を落としたのだ、
そうだ、悪党どもはまことの男を相手に戦う気でいるぞ、
蛇の舌を手づかみにするような(1)男を相手に。
やい、小僧、猿、ほら吹き、ろくでなし、腰抜け！

レオナートー　　これアントニー——分ってるぞ、おれには、

アントーニオー　辛抱だ、兄さん。何だ、この連中は？　分ってるぞ、おれには、
この連中がどんな人物か、手に取るように分っているのだ。
喧嘩早くて、厚かましくて、上辺を飾る洒落男、
そうなのだ、嘘つき、ほら吹き、人をなめ、恥をかかせて悪口雑言、
奇態な様子で猛者《もさ》のふり、
凄みを利かせた言葉を連発、
刃向かうやつは容赦せぬ——
とまあ、そんな野郎どもだ。

レオナートー　だがアントニー——

アントーニオー　いや、つまらぬことだ。
兄さんは相手になるんじゃない。おれに任せてくれ。

ドン・ペドロー　これ御両人、お二人を怒らせるつもりはない。
娘御が亡くなられたのは、私も痛ましいと思っている、
だが誓って言う、娘御に浴びせられた非難は、

真実であり、証拠も揃っていたことなのだ。

レオナートー　御領主、御領主――

ドン・ペドロー　もう聞く気はない。

レオナートー　そうですか？

――これ弟、行こう。この言い分、必ず聞かせるからな。

アントーニオー　そうとも、そう来なければ、怪我人が出るぞ。

〔レオナートーとアントーニオーは退場する〕

〔ベネディックが登場する〕

ドン・ペドロー　おい見ろ、探していた男がやってきたぞ。

クローディオー　これはこれは、何の報せだね？

ベネディック　〔ドン・ペドローに〕こんにちは、御領主。

ドン・ペドロー　よく来てくれた。そなた、もう少しで喧嘩の仲裁をするところだったぞ。

クローディオー　我ら二人、もう少しで歯の抜けた老人二人に鼻を食いちぎられるところだったよ。

ドン・ペドロー　レオナートーと弟のことだ。どう思う？　もしも喧嘩になっていたら、我ら二人、先方の相手としては若すぎただろうな。

ベネディック　正義のない争いにおいては、真の勇気は出ません。実はお二人を探しておりました。

クローディオー　こちらこそ君を懸命に探していたのだ。というのも、どうしようもなく憂鬱だから、この気分を吹きとばしてしまいたい。君の機知を役立ててはくれぬか？

ベネディック　機知ならこの鞘《さや》に納まっている。抜けというのか？

ドン・ペドロー　機知を脇にぶら下げているのか？

クローディオー　そんな男はいません。もっとも、機知を使いこなせぬ男ならいくらでもおりますが。頼む、抜いてくれ、鳴り物を取りだす旅芸人さながらに――抜いておれたちを楽しませてくれ。

ドン・ペドロー　これは大変だ。この男は真っ青になっている。気分が悪いのか、それとも腹を立てているのか？

クローディオー　おい、しっかりしろ！　心配事で死んだ猫はいるが(2)、君は心配事を殺すほどの元気の持ち主ではないか。

ベネディック　クローディオー殿、応じる気ならあるぞ、機知合戦を挑んでくるなら。頼む、話題を変えてくれ。

クローディオー　ほう、それなら新しい槍を渡してやりましょう。手持ちの槍は折れたようです。

ドン・ペドロー　まったくもって、ますます様子がおかしくなる。どうやら本気で怒っているようだな。

クローディオー　たとえそうでも、喧嘩を避けるすべは知っておりましょう。

ベネディック　一言耳打ちしたいのだが？

クローディオー　喧嘩は願いさげにしたいね。

ベネディック　〔クローディオーに傍白〕貴様は悪党だ。おれは本気だぞ。証明してみせよう。やり方、武器、決行の時については、貴様に任せる。この挑戦を受けなければ、卑怯者呼ばわりしよう。貴様は立派な女性《にょしょう》を殺してしまった。あのひとの死が貴様に重くのしかかるがいい。返事を待っているぞ。

クローディオー　よし、手合わせといこう、面白い目が見られそうだからな。
ドン・ペドロー　何だ、一杯やるのか、え、一杯？
クローディオー　いやまったく、この男のおかげで、空っぽの仔牛の頭と玉なしの鶏にありつけます。それを手際よく捌《さば》いてみせないようでは、私のナイフは役立たず。ついでにアホウドリにもありつけるのかな？
ベネディック　クローディオー殿、機知が冴えてるな。中身がないからよく滑る。
ドン・ペドロー　そうだ、この間、ベアトリスがそのほうの機知をほめていたぞ。まず私が、君の機知は芸が細かいと言ったのだ。すると先方は、「そうです。いじましい」と、こうだ。「それは違う。おおらかな機知だ」と私が言うと、「その通り、大味な機知です」ときた。「いやいや、善良な機知だ」と私が言う。すると「まったくです、毒にも薬にもならない」と先方。「そうじゃない。あの男は知恵がある」と私。先方は「知恵が総身に回りかねます」。「それは違う。あの男は外国語に堪能だ」と私が言う。すると、「そうでしょうね。月曜の夜に私に向かって誓ったことを、火曜の朝には取り消してしまわれます。これこそ二枚舌というもの。あの方の舌は二枚で一組」という答えが返ってきた。この調子でまるまる一時間、そのほうの美点をことごとく欠点に仕立てる始末。だが、最後に、溜息まじりにこう結んだのだ、そう、そなたはイタリア一の美男だと。

クローディオー　そう言って思うさま涙を流し、それから、どうでもいいわと言ったな。

ドン・ペドロー　そうだ、その通り。それから言ったな、色々あるけれど、あの方が大嫌いにならなければ、きっと大好きになるでしょう、と。ご老体の娘が何もかも教えてくれたのだ。

クローディオー　そうだ、何もかも。その上、あの方が庭で身を隠していたのを、神様はご覧になっていた、とも。

ドン・ペドロー　だが、いつになるのかな、獰猛な牡牛の角《つの》が知恵あるベネディックの頭から生えてくるのは？

クローディオー　そして、首から下げた看板にはこうある――「これなるは女房もちベネディックの住処《すみか》」と。

ベネディック　これで失礼します。おい小僧、おれの気持ちは分っているな。後は下らぬ噂話に耽るがいい。冗談を連発するのだな、さながら空威張りの男がわざと刃こぼれを作るように。(3) もっともその刀、どうせ人は切れないのだが。御領主、これまでのお引き立てのあれこれ、お礼を申します。お仕えするのもこれまで。腹違いの弟君は、メシーナからすがたをくらまされました。皆さんは力を合わせて、罪もないやさしい女性《にょしょう》を殺してしまわれた。これなる髭なしの君(4)とは、いずれ決着をつけましょう。それまでは、どうか御無事で。〔退場する〕

ドン・ペドロー　本気だぞ、あいつは。

クローディオー　本気も本気。それもどうやら、ベアトリスを思うあまりですな。

ドン・ペドロー　そしてそのほうに決闘を申しこんだのか?

クローディオー　それも大真面目に。

ドン・ペドロー　人間とはまったく他愛のないものだな、きちんと身づくろいはしていても、知恵を捨てたすがたで往来するとは!

クローディオー　そうなっても猿の目には巨人(5)と見えます。実はそんな人間よりも猿のほうが学識があるというのに。

ドン・ペドロー　だが待て、落ち着くんだ。しっかりしろ、笑いごとではない――あの男は言わなかったか、弟が逃亡したと?

〔ドグベリーとヴァージスが、夜警、コンラッド、ボラーチオーを連れて登場する〕

ドグベリー　さあ来い。正義の神の前に出ても神妙にしないというなら、もはや正義の神が正邪を秤《はかり》にかけることもできなくなるだろう。そうだとも、貴様がいまいましい偽善者であるなら、罰を受けねばなるまい。

ドン・ペドロー　どうしたのだ？　弟の手下が二人縛られているが？　ひとりはボラーチオーか。

クローディオー　何の咎かお訊ねになっては、御領主。

ドン・ペドロー　役人衆、どんな罪を犯したのかな、この者どもは？

ドグベリー　それが御領主、嘘をつきました。その上、偽りを申しました。第二に、この者どもは、人を中傷しました。第六に、かつ最後に、さるご婦人を陥れました。第三に、偽りを真実であると申し立てました。つまるところ、やつらは嘘つきの悪党なのであります。

ドン・ペドロー　第一に訊ねるが、両人は何をしたのか、第三に訊ねるが、両人の罪状はいかなるものか、第六に、かつ最後に、なにゆえ身柄を拘束されているのか、つまるところ、容疑は何なのか？

クローディオー　まことに理路整然、この役人の論法を再現なさいました。私、思いますに、同じことを幾通りにもおっしゃいましたな。

ドン・ペドロー　誰を傷つけたのだな、これ両人、縛られて調べを待っているとは？この警官は頭がまわりすぎて、言うことが分らぬ。何なんだ、そのほうたちの罪は？

ボラーチオー　御領主様、簡潔にお答えいたします。お聞きくださいこの身はこれなる伯爵の手にかかって死にましょう。私はお二人の目をも欺きました。お二人の知恵をもってしても見抜けなかったことを、この馬鹿どもが明るみに出したのです、昨夜、私がこの者に向かって話したことを立ち聞きしまして。それ、弟君ドン・ジョン様にそそのかされて私がヒーロー様を中傷したこと、お二人が果樹園へ案内されて、ヒーローの衣服を着たマーガレットに私が求愛するのを目撃なさったこと、貴方様が結婚するはずのヒーロー様を辱められたことなど。私の悪事はこの者たちが記録しております。私は、それを自らの死をもって封印したい、それを繰り返して恥をかくよりも。あのご婦人は亡くなられました、私と私の主人から根拠のない非難を浴びせられたのが原因で。私が望むのは、ただ悪人としての報いを受けることだけです。
ドン・ペドロー　今の話、剣のようにそなたの血管を貫いたのではないか？
クローディオー　毒を飲む思いでした、これを聞きながら。
ドン・ペドロー　だがそのほう、弟にそそのかされてことに及んだのだな？
ボラーチオー　はい、実行した後、たっぷり褒美を頂戴しました。
ドン・ペドロー　あれは卑劣極まる心根の持ち主、悪事を果たして逃亡したのだ。
クローディオー　いとしいヒーロー！　そなたの面影が眼前によみがえる、初めてそなたを愛しく思った時そのままに。
ドグベリー　さあ、原告どもを連れて行け。今頃は墓守殿がレオナートー殿にことの次第を復命しているだろう。それから皆の衆、時とところが整ったら、忘れずに報告してもらいたい、私が間抜けだと。
ヴァージス　それ、レオナートー殿がやってこられた、それに墓守殿も。

〔レオナートー、彼の弟アントーニオー、墓守が登場する〕

レオナートー　どいつだ、悪者は？　そいつの目を見せてくれ、次にそういう男に出くわしたら、避けられるように。どいつなんだ、その男は？

ボラーチオー　貴方様に害を及ぼした者をお探しなら、私をご覧ください。

レオナートー　お前なのか、罪もない私の子を舌先で殺した悪党は？

ボラーチオー　はい、私がひとりでやりました。

レオナートー　いや、そうではない、悪党め、それは嘘だ。立派な身分の殿方二人がここにおられるではないか。三人目はすがたを消したが、やはり一味だ。お礼を申します、娘の死については。数々の手柄とともに記録にお残しください。思えば思えば、まったくみごとなやり方でした。

クローディオー　どうすればお心が解けるのか分りません。
だが敢えて申します。復讐はどうかお望みのままに。
私の罪に対しては存分に罰をお与えください。
ただ、罪を犯したのはひとえに
思い違いのせいでした。

ドン・ペドロー　誓って言うが、この身とて同様。
だがご老体の得心がゆくなら、
どれほど重い罰を与えられても
厭いはせぬ。

レオナートー　娘を生き返らせてくれとも言えません――
それは無理というもの。だがお二人には、
ここメシーナの人々に広く知らせていただきたい、
娘が罪なくして死んだことを。〔クローディオーに〕そして、もしも貴殿が
娘を愛しみ、悲しみをかたちにしたいと思われるなら、
あの子の墓に弔辞を記した文書を掲げ、

それをあの子の亡骸に向かって歌っていただきたい。今夜はそれを。
そして明朝、わが家へおいでくだされ、
義理の息子におなりいただくのはもはや叶わぬことゆえ、
私の甥になっていただきましょう。私の弟に娘がおりますが、
それが死んだわが子に生き写し。
私ども兄弟の跡継ぎはこの子ひとりなのです。
この娘に、その従姉に与えるはずだった権利をお与えくだされば、
それで私の復讐はなし遂げられます。

クローディオー　ああ、寛大なお言葉です！
あまりのおやさしさに涙がこぼれます。
お申し出はありがたくお受けし、
あわれなクローディオーの将来をすべてお任せします。

レオナートー　では、明日のお越しをお待ち申しあげます。
今夜はこれで失礼しましょう。このならず者を
マーガレットと対決させたいと存じます。

思うにあの女、すべての悪事に加担していたに違いない、
貴方様の弟君に雇われて。

ボラーチオー　いや、断じてそんなことはありません。
私に話しかけていた時も、自分が何をしているのか、分っておりませんでした。
私が知るかぎり、あれは何につけても行い正しく、
人の道を守る人物でした。

ドグベリー　その上、旦那様、これは書き留められてはいませんが、これなる原告、これなる犯人は、私を間抜けと呼びました。この点、ご記憶くださいますよう、この者の罰を決める時には。それから、夜警は不届き者たちが妖怪変化なる人物の噂をしているのを聞きました。この男は耳に鍵を引っかけ、大きな錠前を垂らしている(6)由にございます。この人物は神の名をかりて金を借り、それを使い果たし、決して返さぬそうで、今や誰もが腹を立て、何があっても金は貸さぬとか。どうかこの男のこともしかるべくお調べくださいますよう。

レオナートー　心遣いやご苦労のほど、ありがたく思うぞ。

ドグベリー　丁重で思いやりのある若者のような言い方をなさいますな。貴方様のた

めに神に祈りをささげることにします。

レオナートー〔ドグベリーに金を渡す〕ご苦労であったな。

ドグベリー　神の御加護がありますように！

レオナートー　もうよい、犯人は私が引き取ろう。世話になったな。

ドグベリー　では札付きの悪党をお渡しします。ご自身でお検《あらた》めあって、皆の者の見せしめとなさいますよう。神がお護りくださいますように！　御多祥をお祈りいたします！　神の御加護によって健康を回復されますよう！　謹んで出発を頂戴します。愉快な再会をお望みなら、神がそれを禁じ給わんことを！　さあ、御同役。

〔ドグベリーとヴァージスは退場する〕

レオナートー　では、明日の朝また、お二方。

アントーニオー　おやすみなさい。明日、お待ち申しております。

ドン・ペドロー　必ず参ろう。

クローディオー　今夜はヒーローを悼んで過ごします。

レオナートー〔夜警に〕この者たちを連行せよ。マーガレットに質《ただ》さねばならぬ、どうやってこんなならず者と親しくなったのか。〔一同は退場する〕

# 第五幕第二場

〔ベネディックとマーガレットが登場する〕

**ベネディック**　頼む、マーガレット殿、きちんとお礼はする、ベアトリスと話ができるようにしてほしいのだ。

**マーガレット**　そうしたら、ソネット[7]を書いてくださいますか、私の美貌をたたえて？

**ベネディック**　そう、どんな男も近寄れないほど高く聳え立つのを。だってあなたにはそれほどの値打ちがあるのだから。

**マーガレット**　どんな男も私には近寄らないって？　すると私はいつまでも侍女暮らしですか？

**ベネディック**　あなたの機知は猟犬なみだな、すばやく嚙みつく。

**マーガレット**　そしてあなたの機知の鈍さは練習用の剣[8]ね、突かれても怪我をしない。

ベネディック　それこそ男らしい機知だよ、マーガレット、女を傷つけないのだから。だから頼む、ベアトリスを呼んでほしい。盾をあげるよ。

マーガレット　くださるなら剣をどうか。女なら誰でも、盾は自分でもっております。

ベネディック　それを使うなら、真ん中に尖った金具を差しこんで、しっかり留めておくことだ。危ない武器だよ、生娘には。

マーガレット　では、ベアトリスを呼んでまいります。あの方にも脚があるはずだから。　〔退場する〕

ベネディック　だからやってくるだろう。

〔歌う〕

愛の神、
　天にあり、
我を知る、我を知る、
　数ならぬ我を——

と言うのは、つまり、この歌い方だ。だが、色恋沙汰においても、達者な泳ぎ手のリアンダー(9)、初めて女衒《ぜげん》の世話になったトロイラス(10)、そのほか、歌に歌われたいにしえの色男は色々いるが、この連中が辿るのは、韻を踏まない平らな道、すらりすらりと進んで行ける、そうだ、連中は哀れなこのおれのように骨がらみの恋をしたことがないんだ。まったくもって、おれには韻を踏む力がない。確かにやってはみた。「女性《にょしょう》」と韻を踏むには「お小姓」しか思いつかない――子供っぽい韻だ。「なめる」には「はめる」ときた――苦しい韻だ。「学《まな》び舎《や》」には「運び屋」か――さまにならない。終わり方が物騒すぎる。駄目だ、おれは韻を踏む星の下では生まれなかったし、お祭り気分で求愛する柄でもない。

〔ベアトリスが登場する〕

ベアトリスさん、僕が呼んだら来てくれるのだね？

ベアトリス　ええ、行けと言われたら行くわ。

ベネディック　ああ、いてほしいな、それまでは。

ベアトリス　「それまでは」ですね。では、さようなら。でもその前に、用件だけは片づけなくては、つまり、あなたとクローディオーの間に何があったのか知りたいのよ。

ベネディック　あったのは罵詈雑言だけ——と言うわけでくちづけを。

ベアトリス　罵詈雑言で空気が汚れる、空気が汚れると息が臭くなる、息が臭いのはいやなもの——と言うわけでくちづけはお預け。

ベネディック　そう言われて、言葉が怖気づいてしまったよ。激しすぎるんだ、あなたの機知は。でも、ありのままにお話ししよう。クローディオーには決闘を申しこんだ。だから、間もなく先方から返事があるか、こちらが先方を卑怯者呼ばわりするかだ。そこでぜひ聞かせてほしい、僕のどの欠点のせいで、僕を愛するようになったのか。

ベアトリス　欠点は全部。あまりに申し分なくまとまっているものだから、美点が入りこむ余地がどこにもないのね。ところで私のどの美点のせいで、恋に悩むようになったのかしら？

ベネディック　「恋に悩む」か！　言い得て妙だ。確かに僕は恋に悩んでいる、だって心ならずもあなたを愛しているのだから。

ベアトリス　我にもあらずというわけね。可哀そうに！　あなたが私のために自分の心を痛めつけるなら、私もあなたのためにその心を痛めつけましょう。だって好きな人が嫌っているものを好きになることはできないもの。

ベネディック　あなたと僕は賢明すぎて、穏やかに恋を語ることができないんだ。

ベアトリス　その口ぶりでは、怪しいものね。自分で自分をほめる人で賢明な人は、二十人にひとりもいないものよ。

ベネディック　それは遠い昔の格言だな、ベアトリス、よき隣人がいた時代の。[11] 今では、男は死ぬ前に自分の墓を建てておかないと、忘れられてしまうんだよ、弔いの鐘と未亡人が泣くのが終わると同時に。

ベアトリス　それはどれほどの時間なの?

ベネディック　いい質問だ。鐘の音が一時間、落涙が十五分ほどだ。だから賢明な人間は、良心という名の蛆虫《うじむし》殿に異存がなければ、自分の美徳をほめそやすに限るんだ、この僕のように。自画自賛はこれまで、自分が立派な人物であることを保証するのは、他ならぬこの僕だ。ところで、従妹はどうしておられる?

ベアトリス　ひどく具合が悪いの。

ベネディック　では、あなたは?

ベアトリス　やはりひどく具合が悪いの。

ベネディック　神を崇め、僕を愛し、元気になることだ。ではこれで失礼、ほら、急いでやってくるひとがいる。

〔アーシュラが登場する〕

アーシュラ　お嬢様、すぐに叔父様のところへ。大騒ぎになっております、はっきり分ったのです、ヒーロー様は濡れ衣を着せられた、御領主とクローディオーはすっかりだまされていた、すべてをたくらんだのはドン・ジョンで、すがたをくらました。すぐにおいでください。

ベアトリス　様子を見に行きますか？

ベネディック　この身はそなたの心の内で生き、そなたの膝の上で果て、そなたのまなこに葬られよう――いやその上に、ともに叔父上のもとへ参るとしよう。

〔一同は退場する〕

## 第五幕第三場

〔クローディオー、ドン・ペドロー、ひとりの貴族と数人の楽師を含む、蠟燭をもった三、四人の参列者が登場する〕

**クローディオー**　これがレオナートー様の家のご霊廟ですか？

**貴族**　そうです、伯爵様。〔追悼の詩を朗読する〕

まがまがしき中傷によってあやめられたる
　ヒーローここに眠る。
死はおのがあやまちをつぐなうため
　滅びることなき名誉を死者に与う。
かくて恥辱とともに絶えたる生命は
　輝かしき名誉を得て死のうちに生きる。

〔巻紙を墓に掛ける〕

こうして墓の上に置かれ、
死者を讃えるのだ、私が黙した後も。

クローディオー　さあ、音楽を。そして厳かな歌を歌うのだ。〔音楽〕

単数または複数の歌手　〔歌う〕

赦せ、夜の女神よ、
なれに仕うる乙女をあやめたる者を、
かくて嘆きの歌、唱えつつ、
奥津城《おくつき》のまわりをめぐる、
更けたる夜よ、ともに嘆き給え、
ともに溜息つき、呻き洩らし給え、
　重く、さらに重く、
墓よ、かばねを吐き出せ、
死者を偲ぶよすがに、
　重く、さらに重く。

貴族　さあ、これでお別れです、そなたの亡骸と。
年ごとに行いましょう、このつとめを。

ドン・ペドロー　おはよう、諸君。あかりを消すのだ。

狼も獲物を漁るのをやめた。見ろ、曙が
日輪の車の先触れとなって、
まだ眠たげな東の空をまだらに染めている。
ご苦労であった、皆の者、引き取ってくれ。これでお別れだ。

**クローディオー**　おはよう、みんな。それぞれ家路についてくれ。

**ドン・ペドロー**　さあ、帰って着替えをすませ、
それからレオナートーの館へ向かおう。

**クローディオー**　そしてハイメン[12]が今度はもっと幸せな縁をもたらしてほしい、
こうして悼まねばならぬ相手ではなく。

〔一同は退場する〕

## 第五幕第四場

〔レオナートー、ベネディック、マーガレット、アーシュラ、アントーニオー、修道僧フランシス、ヒーロー、ベアトリスが登場する〕

修道僧　申したでしょう、御息女は潔白だと？
レオナートー　あの子を非難した御領主とクローディオー殿も同様です、
ご存じの通りの思い違いをしておられたのだから。
だがマーガレットには何ほどか落ち度があります、
取り調べで明らかになった通り、
心ならずもやったこととはいえ。
アントーニオー　いや、よかった、万事うまくけりがついて。
ベネディック　私も同じ思いです、すんでのことで
クローディオーと決闘するところでしたから。
レオナートー　さあ、娘よ、それからご婦人方、
揃って別室へ移ってもらいたい、
後ほど呼びにやるから、仮面を着けて戻ってくるのだ。
御領主とクローディオー殿がそろそろ到着されるはず。
アントーニオー、務めは分っているな。
そなたの兄の娘の父親として、

花嫁をあの若者に引き渡すのだ。　〔女性たちは退場する〕

アントーニオー　その務め、真面目な顔で果たしましょう。

ベネディック　修道僧様、私からお願いしたいことがありそうです。

修道僧　願いとは、どんな?

ベネディック　私を束縛するか、破滅させるか、どちらかです。

レオナートー殿――実を言うと、

姪御が私に向ける眼差しには、好意が感じられるのです。

レオナートー　つまり、わが娘がわが姪に貸し与えた眼差しのことかな?　間違いはない。

ベネディック　そこで私も愛情のこもった眼差しで応えております。

レオナートー　それは、この私から貰ったもの、

それにクローディオーや御領主からも。だが、あなたのお気持ちは?

ベネディック　謎めいた答えをなさいます。

だが、私の気持ちというなら、それはつまり、あなた様のお気持ちが

我ら二人の気持ちとひとつになり、本日、

ほまれある結婚に到達したいということになります。
そして、修道僧様、それについてお力添えを願いたいのです。
レオナートー　私の思いはあなたの思いのままです。
　　　　　　　　　　　　　　　　そして私の力添えも。
修道僧
や、御領主とクローディオー殿が来られました。
〔ドン・ペドローとクローディオーが従者たちとともに登場する〕
ドン・ペドロー　おはよう。皆さんお揃いだな。
レオナートー　おはようございます、御領主様。おはよう、クローディオー。
よくいらっしゃいました。まだ決心は変わりませんな、
今日、弟の娘と結婚するという。
クローディオー　心は変わりません、たとえ相手が異国の女でも。
レオナートー　あれを呼んでくれ、アントーニオー。修道僧殿もお待ちだ。
〔アントーニオーは退場する〕
ドン・ペドロー　おはよう、ベネディック。おや、どうしたんだ、

浮かぬ顔をしているではないか、
霜に嵐に曇り空、今は真冬と言わんばかりだ。

**クローディオー**　獰猛な牡牛のことを考えているのでしょう。
おい、心配するな。君の角は金で飾ってやる。
だからヨーロッパ中の女が君に熱を上げるだろう、
昔、色好みのジョーヴが恋をして牡牛にすがたを変えたが、
それを見たエウロペ姫[13]のように。

**ベネディック**　牛になったジョーヴはいい声をしていたが、
同じような牛が君の御尊父の連れ合いの牝牛に乗っかり、
立派な仕事を果たして仔牛をもうけた、
君そっくりの。君はそんな鳴き声をしているぞ。

〔アントーニオー、ヒーロー、ベアトリス、マーガレット、アーシュラが登場する。
女たちは仮面を着けている〕

**クローディオー**　その言い草だが、いずれ借りは返すぞ。他にもけりをつけることが

現れた。

どのご婦人なのでしょう、私がわがものとするのは？

〔アントーニオーがヒーローの手を取って、前へ出させる〕

アントーニオー　この女性《にょしょう》です。あなたにさしあげます。

クローディオー　ならばこの方は私のもの。〔ヒーローに〕お嬢様、お顔を見せてください。

レオナートー　いや、その前に修道僧殿の前で

この者の手を取り、結婚を誓わねばなりません。

クローディオー　お手を拝借します、この修道僧様の前で。

私があなたの夫です、もしお気に召すなら。

ヒーロー　〔仮面を取る〕そして、生きていた時、私はあなたのもうひとりの妻でした。

そして、あなたが愛してくださった時、あなたは私のもうひとりの夫でした。

クローディオー　ここにもヒーローが！

ヒーロー　確かにそうです。

ひとりのヒーローは辱められて死にました、でも私は生きています、
そして、確かに私は生娘です。
ドン・ペドロー　あのヒーローだ！　死んだヒーローだ！
レオナートー　御領主様、ヒーローは死んでおりました、中傷が生きていた間は。
修道僧　この意外な成り行き、私が説明いたしましょう、
神聖な儀式が執り行われたら、
ヒーローの死の顚末、詳しくお話しします。
それまでは、この奇蹟を自然なできごとと見なし、
直ちに教会へ向かいましょう。
ベネディック　少々お待ちを、修道僧様。〔アントーニオーに〕どの方がベアトリス
で？
ベアトリス　〔仮面を取る〕それは私の名です。何の御用でしょう？
ベネディック　僕を愛してはいないのかい？
ベアトリス　ええ、理にかなう程度以上は。
ベネディック　すると、あなたの叔父さんも御領主もクローディオーも、

だまされていたんだ――あなたはその気だと断言していたのだから。

ベアトリス　あなたは私を愛してはいないの？

ベネディック　そうだとも、理にかなう程度以上は。

ベアトリス　すると、私の従妹もマーガレットもアーシュラも、すっかりだまされていたのね、あなたはその気だと断言していたのだから。

ベネディック　あなたは僕のせいで病人同然、そういう話だった。

ベアトリス　あなたは私のせいで瀕死状態、そういう話だった。

ベネディック　そいつは嘘っぱちだ。すると僕を愛してはいないのだね？

ベアトリス　ええそうよ。ただの友達のつもり。

レオナートー　これベアトリス、そなたは確かにこの方を愛しているぞ。

クローディオー　そしてこの男、確かにこの方を愛しております。その証拠は男の手になるこの書面、頭を使ってひねり出したしどろもどろのソネットで、捧げる相手はベアトリス。

ヒーロー　そしてここにあるのは、

従姉の自筆の書面で、ポケットから盗みとったもの、ベネディックへの思いのたけが綴られております。

ベネディック　奇蹟だ！　我らの手が我らの思いに逆らって動くとは。さあ、あなたを受け入れよう、だがこの朝日にかけて誓おう、あなたを哀れと思うからだよ。

ベアトリス　いやとは言わない、でもこのよき日にかけて誓うわ、あなたの口説きに負けたからよ——それに、これは人命救助のためでもあるの、だってあなたは死にかけてると聞いたから。

レオナート　そこまで！〔ベアトリスに〕もう、口をふさぎなさい。〔彼女をベネディックに渡す〕

ドン・ペドロ　どうだな、女房もちのベネディックの気分は？

ベネディック　こう申しあげましょう、御領主様。冗談好きが寄ってたかって私をからかっても、今の気分を変えることはできません。諷刺や皮肉を気にすると思うのですか、私が？　人と生まれて、単なる頭脳の産物(14)に屈するようでは、洒落た服装もできません。要するに、私は結婚するつもりですから、誰がそれを批判しても、すべて無視します。だから、私が結婚を批判していたからといって、私を笑いものにするのはやめていただきたい。人間は所詮頼りないものだというのが、私の結論です。クローディオー、君とは一戦交える気でいたが、どうやら親戚同士になるらしい、だから、身体に気をつけて、僕の従妹を大事にしてくれ。

クローディオー　君がベアトリスを袖にしたらいいと願っていたのだ。そうすれば、独身生活の君を叩き直し、二股かける浮気男に仕立てあげることができただろう。君は確かにそうなりそうだから、僕の従姉にはしっかり見張っていてほしいものだ。

ベネディック　さあ、もう仲良くしよう。式を挙げる前にひと踊りしようではないか、我々の心と女房たちのかかとから力を抜く(15)ために。

レオナートー　踊りは式の後だ。

ベネディック　いや、式の前にしましょう！　だから音楽を！　御領主様、沈んでおられますな――妻をめとること、妻をめとることです！　男の杖でいちばん恰好がつくのは、角の飾りがあるものです。

〔使者が登場する〕

使者　御領主様、弟御ジョン殿、逃亡中に身柄を確保され、武装兵たちに護送されてメシーナへ戻られました。

ベネディック　あの方のことは明日までお忘れを。晴れがましい罰を考案してさしあげましょう。楽師諸君、音楽だ！

〔踊り、一同退場する〕

終わり

# 訳注

## 第一幕

(1)アラゴン……メシーナ　アラゴンはイベリア半島北東部にあった王国。十五世紀にカスティーリャ王国と連合し、アラゴン連合王国となった。メシーナはシシリー島(シチリア島)北東の都市。シェイクスピアの時代には、アラゴン連合王国の支配下にあった。

(2)三リーグ　「リーグ」は距離の単位。一リーグは約五キロメートル。

(3)上突き様　原語は「シニョール・マウンタントー(Signor Mountanto)」。「マウンタントー」はフェンシングの用語で、「上方への突き」を意味する。「マウント」は「乗る」を意味する動詞で、性的な含みがある。なお、この表現の効果や語り手の心理については、解説を参照。

(4)キューピッド　ギリシア神話のエロース、ローマ神話のクピードーに該当する恋の神。翼のある男児のすがたで、弓と矢をもつ。矢が命中した人間は恋に落ちるとされる。

(5)殺した敵はみんな食べる　ベアトリスは、ベネディックの発言が空威張りの現れで、実際にはひとりも殺してはいないことを見ぬいて発言している。

(6)ベネディック病　狂気は悪魔に乗り移られることによって生じると考えられたが、ベネディクト会の僧侶は悪魔祓いの儀式を行うことを認められていた。ベアトリスはこの事実を踏まえ、クローディオーがベネディックと親しくしていると発狂する危険があるという、いささかどぎつい冗談を言っている。

(7)貴殿はその頃はまだ子供でした　「だから、私の妻と関係して子供を作ることなどできなかった」と、レオナートーは述べている。

(8)オウムの訓練なら名人　ベネディックは、ベアトリスが(オウムに覚えさせようとして)同じ文句を繰り返す人のようだと述べている。

(9)キューピッド……腕のいい大工　キューピッドは目が見えないことになっている。また、ヴァルカン(ローマ神話のウルカヌス)は火の神であって、「腕のいい大工」ではない。「君はありえないことを言うつもりなのか」と、ベネディックは述べている。

(10)帽子をかぶっても、変な目で見られずにすむ男　この時代には、妻が浮気をすると、夫の額に角が生えるとする考え方があった。従って、既婚者の男が帽子をかぶると、それは角を隠すためではないかと疑われる可能性があるが、独身の男なら、そういう危険はないというのである。

(11)溜息をついて日曜を過ごす　日曜には娯楽を控えることが求められるから、妻帯者となった男はわが身の不幸をとりわけ切実に感じるというのである。

(12)**昔話の文句**　「泥棒の花婿」の伝説への言及。自分に求婚している男が泥棒である証拠をつかんだ女性に対して、男は「そうではない云々」と答えたとされる。

(13)**異教徒さながら**　ドン・ペドローは、ヒーローの魅力をどうしても認めようとしないベネディックの頑なさを、カトリック教会の権威を認めようとしない新教徒の頑なさにたとえて、(冗談交じりに)批判している。

(14)**目が見えぬキューピッドの看板**　「恋は盲目」だから、両眼を失った自分が女郎屋の看板になるのはふさわしいと、ベネディックはふざけて述べている。

(15)**猫さながらに……矢を射かける**　こういう残虐なゲームが当時はあった。『オセロー』第二幕第三場で、キャシオーがロデリーゴーに向かって凄み、「ぶんなぐって、籠にぶちこむ」と言うが、やはりこのゲームへの言及である。

(16)**弓矢の名人アダム**　当時のバラッドに歌われたアダム・ベルという人物を指すと考えられる。

(17)**「猛牛もいずれは軛《くびき》にかかる」という諺**　『から騒ぎ』以前にも、この諺の用例はたくさんある。たとえば、シェイクスピアの先輩劇作家だったトマス・キッド(一五五八―九四)の『スペインの悲劇』(一五九二年初演)の第二幕冒頭に、この諺が現れる。ある女に横恋慕している男に向かって、この女の兄が、「世の中の物事が変わるように、妹もあなたの求愛に応えるようになるだろう」と言って慰めるのである。つまり、その場にはいない女の心変わりの可能性を指摘するために、この諺が利用されるのだ。ところが『から騒ぎ』では、ドン・ペドローはその場にいる男のベネディックが世帯もちになる可能性の裏づけとしてこの諺を引用する。シェイクスピアは『ハムレット』執筆に際して『スペインの悲劇』を参考にしたという説がある。もしそうなら、彼は『スペインの悲劇』のこのくだりを記憶していて、『から騒ぎ』でこの諺が引用される状況を少し変えたのかもしれない。

(18)七月六日　この日には、一年の第二四《し》半期《はんき》の末日として家賃を払うことになっており、手紙が書かれることが多かった。なお、人物たちは手紙の結びの決まり文句を念頭において遊んでいる。

(19)そなたの息子　アントーニオーの息子が実際に登場することはない。おそらくシェイクスピアは執筆の途中に構想を変更し、「アントーニオーの息子」を登場させないことにしたのであろう。

(20)土星の下に生まれ　この星の下で生まれると、陰気な人物になると考えられた。

## 第二幕

(1)猿を地獄へ案内　未婚のまま死んだ女性は、猿を連れて地獄へ行くとされた。

(2)土の塵　『旧約聖書』創世記第二章第七節の「神は土の塵によって人を作った」旨の記

述への言及。

(3)スコットランド風のジグ、宮廷舞踊、そして五拍子の跳んだりはねたり　スコットランド風のジグは、跳躍を繰り返す活発な踊り。宮廷舞踊は、ベアトリスが述べる通り、節度をわきまえたおとなしい踊り。五拍子の跳んだりはねたりは、五回ステップを踏んだ後、跳躍する踊り。

(4)昼の光で教会が見える　当時のキリスト教国では、教会はどの町でも特に目立つ建物だったから、ベアトリスはわざと分りきったことを述べてふざけているのであろう。

(5)楽器が容器にそっくり……ジョーヴ　「楽器」の原語は「リュート」。ヒーローはドン・ペドローの醜い仮面を妙音を発する楽器の箱にたとえている。フィレモン云々は、オウィディウスの『変身物語』巻八に現れる挿話への言及。ある時、ローマ神話の神ユピテル(英語ではジョーヴ)とメルクリウス(英語ではマーキュリー)が人間にすがたを変えてプリュギアの地を訪れた。どの家の人も彼等を拒んだが、ピレモン(英語ではフィレモン)とバウキス(英語ではボーシス)という貧しい老夫婦だけが彼等を歓待した。ドン・ペドローは、自分が着けている醜い仮面をフィレモンの家のみすぼらしい外観にたとえている。この段階では、ヒーローは相手がドン・ペドローであることに気づいてはいないと理解すべきだが、彼女が高い地位にある成人男子と対等に口を利くこと、古典の教養をそなえていることは、注目すべきである。

なお、この戯曲には、ギリシア・ローマ神話(とりわけローマ神話)への言及が頻出するが、このことは、シェイクスピアが古代神話に精通していたこと、言及を理解することができる観客が相当数いると想定していたことを、意味すると理解すべきであろう。

(6)『お笑い百物語』　滑稽譚を集めた本。一五二六年刊。広く読まれたらしい。

(7)柳の葉の飾り　柳は失恋の象徴とされた。ベネディックは、クローディオーが柳の葉を首飾りとして用いるか、それとも、たすきとして用いるかを問題にしている。前者なら、クローディオーは、ヒーローを横取りした(と思われる)ドン・ペドローに対して損害賠償を請求することになり、後者なら決闘を申しこむことになるというのである。

(8)あの女を可愛がってくださるといい　クローディオーは、牛売りが仔牛の買い手に向かって言いそうな、お座なりな言葉(「この仔牛を可愛がってください」といった)を発しているのである。

(9)目の見えぬ男のように　目が見えないと、自分のものを盗んだ人物ではなくて(関係のない)柱を殴ったりするというたとえである。

(10)噂の女神　ローマ神話の女神ファーマ。「噂」や「世評」を擬人化した神で、数多くの目と耳をもち、高速で飛ぶ。なお、シェイクスピアの『ヘンリー四世・第二部』冒頭に「噂」という人物が登場し、「自分は誤報をひろめて人々を惑わせる」といったことを述べる。ベネディックはクローディオーに、ドン・ペドローはヒーローを口説き落としたと告げるが、もちろんこれも誤報である。

(11)青葉が一枚しか残っていない柏の木　枯死寸前の、ほとんど生命力が尽きた木。

(12)ヘラクレスに焼肉用の串を回させる　十二の偉業を成しとげたギリシア神話のヘラクレスが、焼き肉用の串を回すのは、英雄にふさわしからぬ卑しい仕事である。

(13)不和の女神アーテー　ギリシア神話のゼウスの娘。神々と人間とを問わず、道徳的判断力を失わせて、向こう見ずに行動させる存在である。

(14)アビシニア王　原語は「プレスター・ジョン」。中世の伝説において、東方にある豊かな国アビシニアを治めるキリスト教徒の王とされた。

(15)ハーピー　ギリシア神話のハルピュイア。人間の女性の頭部と胸をもった怪鳥。

(16)あの人のほうが上になるのはお断り　女性が上向きになっていると、男性を受け入れやすくなるという、性的な冗談である。第三幕第二場のドン・ペドローの台詞にも、同じ発想に基づく表現が現れる。

(17)一千ダカット　ダカットは貨幣の単位。一ダカットは、五分の一ポンドないし三分の一ポンドの価値があったといい、一千ダカットは、約二百ポンドないし約三百三十ポンドになる。当時と現代とでは貨幣価値が異なるが、いずれにせよ大変な金額であったことは確かである。

(18)羊の腸……角笛　弦楽器の弦には羊の腸が用いられた。ここで言及されている楽器はリュートだろうと考える編者もいる。角笛は狩猟で用いられる楽器で〈男性的〉だが、寝取られ男の額に生えるとされる角を連想させるから、この台詞は観客を笑わせる可能性がある。

(19)「ヘイ、ノニ、ノニ」　エリザベス朝の歌謡によく現れる囃子言葉。「ノニ、ノニ」は「よしなしごと」というほどの意味。

(20)夜ガラスの声　凶事の前兆だとされた。

(21)ヘクター　トロイア王プリアモスと王妃ヘカベーの長子ヘクトールのこと。トロイア戦争においてトロイア軍を率いた。勇敢で節度ある人物と伝えられる。

(22)無言劇　ベネディックもベアトリスも相手の気持ちについて思い違いをしているから、会話が順調に運ばず、二人は言葉に迷うだろうと、ドン・ペドローは言う。この後、二人が初めて二人きりになるのは、第四幕第一場、辱められたヒーローなどが退場した後である。厳密に言うなら二人は無言ではないが、ふだんの多弁さを失っている。ここで興味深いのは、クローディオーのヒーローに対する仕打ちが不当なものであることについては二人は意見が一致しており、クローディオーに対してしかるべき行動をとれというベアトリスの要求にベネディックが従うかどうかが、二人の関係の進展において決定的な意味をもつに至るという、第二幕や第三幕では予想されなかった事態が生じていることである。

(23)この世は人で満たさねばならぬ　結婚の目的は子孫を作ることだとする考え方で、イギリス国教会の祈禱書などに現れる。

(24)ナイフを突きつけてカラスを黙らせる　ベネディックはナイフの先端に餌をつけてカラスをおびきよせるのだと解釈する編者もいる。ベアトリスはベネディックの子供っぽいやり方を笑っているのである。

## 第三幕

(1)タゲリ　地面に巣を作る鳥。侵入者を誘導して巣から遠ざけ、雛を守ろうとする、知恵が働く鳥である。

(2)色が黒かったら……筆を誤った　自然が戯画を描こうとして失敗したということで、道化は必ず色が黒いというのではない。

(3)瑪瑙《めのう》細工　この時代には、瑪瑙に小さな人間の像を彫ることがあった。

(4)ドイツ風のだぶだぶズボン……スペイン風で上着ぬきのマントすがた　当時の観客が典型的な異国風の服装として思い浮かべるものが挙げられていると理解すべきであろう。観客は、ベネディックが実際にそういう服装をしているのを目撃するわけではないから、この台詞を軽く聞き流したと思われる。

(5)テニスのボールの詰め物　詰め物には犬の毛が用いられるのが普通だったが、人毛が使われることもあった。

(6)麝香《じゃこう》　麝香猫の分泌液を用いた香料で、異性を惹きつけるとされた。

(7)顔を上に向けた姿勢　第二幕の訳注(16)参照。そこでのベアトリスの台詞と同じ発想。
(8)あらゆる男のヒーロー　「ヒーロー」という名は伝説に現れる「へーロー」に由来する。ドン・ジョンは、この女は名前にふさわしくないことをほのめかしているのであろう。なお、問題の伝説については、第四幕の訳注(2)参照。
(9)警察署長　シェイクスピアの時代には、警察署長は市民から選ばれ、無報酬で一年間務めることになっていた。警吏や夜警もやはり市民から選ばれた。
(10)救済される　「地獄に堕される」と言うつもりで、語り手は誤った言葉を使ってしまう。
(11)夜警の代表代理に最も不適任なる者　「適任」と言うつもりで、ドグベリーは「不適任」と言ってしまう。この人物の台詞には、言葉の誤用ないし言い違いが頻出するが、シェイクスピアはこういう手法によって観客を笑わせようとしている。これについては解説を参照。
(12)よい名前　「シーコール」は上質の石炭を指す。
(13)エジプト王　『旧約聖書』出エジプト記第十四章で言及されるファラオのことである。
(14)ベルの神　ベルの神は、風と農業を司るシュメールの神バアルのこと。
(15)髭を剃ったヘラクレス……股袋を着けたあのすがた　この台詞は注釈者たちを悩ませてきた。単に「若々しいヘラクレス」という意味かもしれない。ただ、ヘラクレスが股袋を着けていたというのは、ありえないことであり、この時代錯誤が面白いのかもしれない。

(16)巻き毛を伸ばしている　この場合の「巻き毛」はいわゆる「ラヴロック」。この時代の若者の間には、左耳の傍の髪を長く伸ばし、それを恋人から贈られた品で飾る風習があった。なお、第五幕第一場に、ドグベリーの「この男は耳に鍵を引っかけ、大きな錠前を垂らしている由にございます」という台詞があるが、ドグベリーは自分が聞いた情報を正しく理解していなかったと考えねばならない。

(17)スカートの下を飾る……薄絹の布　この時代には、身分の高い女性はスカートの下にアンダースカート(またはペティコート)を着用することがあった。「薄絹の布」はこういうものを指す。ミラノ公爵夫人の衣装の場合、スカートの上端からアンダースカートの上端がはみ出す構造になっているのだと解する注釈者もいる。

(18)「恋の気まぐれ」　当時、人気のあったダンス曲。この歌はシェイクスピアの『ヴェローナの二人の紳士』第一幕第二場でも言及されており、思わせぶりな歌であったことが分る。ベアトリスの「尻軽」という発言の原語は「かかとが軽い」といった意味である。かかとに力が入っていないと後ろ向きに倒れやすいと考えられるので、「品行が悪い」という意味になる。なお、劇の大詰(第五幕第四場)に現れるベネディックの台詞とその訳注(15)を参照。

(19)北極星を目印に航海することもできなくなります　「もはや何も信じることはできない」と、マーガレットは言っている。

(20)カルドゥウス・ベネディクトゥス草　薬草のあざみだが、もちろんベネディックの名が含まれているから、マーガレットがこの言葉を口にするのである。
(21)くどい　「くどい」というレオナートーの言葉をドグベリーは「豊か」という意味だと誤解し、「全財産をさしあげます」と言うつもりで発言する。
(22)「年が増えたら知恵が減る」　「酒が入ったら知恵が逃げる」という諺をドグベリーは誤って記憶していて、こう言う。
(23)二人で馬に乗ろうとすると、ひとりは後ろにまわる　これも諺。今度はドグベリーは諺を正しく記憶していた。こういう陳腐な諺を、ひじょうに気の利いた言いまわしのつもりで口にする人物は珍しくない。

## 第四幕

(1)ダイアナ……ヴィーナス　ダイアナ(ローマ神話のディアーナ)は処女神で、狩猟や月と結びつけられる。他方、ヴィーナス(ローマ神話のウェヌス)は愛の神。火の神ウルカヌスの妻だったが、他の男と関係して夫を裏切った。
(2)そなたの名にふさわしい答え　ヒーロー(ヘーロー)とリアンダー(レアンドロス)の物語の女主人公のヒーローを念頭においた、クローディオーの発言。この物語のヒーローは、恋人が水死すると後を追い、恋人にあくまでも忠実であった。

(3)紳士　日本語では、「紳士」は望ましい人徳や礼節をそなえた男性を指すかもしれないが、ここでは、貴族より下だが庶民より上の「紳士階級」の一員であることを意味する。

(4)ガウン　上等のガウンは高価であり、ドグベリーは自分が豊かであることを自慢している。

## 第五幕

(1)蛇の舌を手づかみにする　アントーニオーは、自分が大胆不敵で、無謀なことを敢えてする男だと主張している。

(2)心配事で死んだ猫はいる　古い諺。心配事があると猫でも死んでしまうことがあるが、ベネディックはそんなものでは死なないと、クローディオーは冗談めかして発言している。

(3)わざと刃こぼれを作る　空威張りする男は、自分が喧嘩の経験が豊富であるという印象を与えるために、自分で自分の剣に刃こぼれを作るというのである。

(4)髭なしの君　ベネディックはクローディオーを若輩と侮って、こういう言葉を使う。なお、第二幕第一場でベアトリスが男の髭の有無について述べていたくだりを参照。

(5)猿の目には巨人　猿という動物には(その人間は)立派に見えるかもしれないが、実は猿のほうが学識がある、というのである。

(6)耳に鍵を引っかけ、大きな錠前を垂らしている　第三幕の訳注(16)参照。

(7)ソネット　十四行の詩。あらゆる題材を扱いうるが、ここではマーガレットは、男性が女性の魅力を讃える内容のソネットを期待している。
(8)練習用の剣　相手が傷つかないように、切っ先が丸くなっている。
(9)リアンダー　第四幕訳注(2)で言及したヒーローの恋人。夜な夜な海を泳ぎわたって恋人のもとへ通ったが、ある晩、嵐のせいで迷い、溺死した。
(10)トロイラス　ラテン名はトロイルス。トロイアの王子で、プリアモス王の息子のひとり。クレシダという娘が好きになり、彼女の叔父パンダラス(パンダロス)のとりもちで彼女と結ばれる。この事件は、シェイクスピアの劇『トロイラスとクレシダ』でも扱われている。
(11)遠い昔の格言……よき隣人がいた時代の　直前のベアトリスの台詞の「自分で自分をほめる人で賢明な人は、二十人にひとりもいない」に対する皮肉。ただし、「自分で自分をほめたがる人には悪い隣人がいるものだ」という格言も別にあり、ベネティックはそれをも踏まえて発言している。
(12)ハイメン　ギリシア神話の婚姻の神ヒュメナイオス(またはヒュメーン)の英語形。
(13)ジョーヴ……エウロペ姫　ジョーヴ(ローマ神話のユピテル)は、ある時テュロスの王の娘エウロペに懸想して、牡牛のすがたで彼女に接近し、やがて彼女を乗せてクレタ島に至り、そこで彼女と交わった。この話は『変身物語』巻二で述べられているが、クローディオーがそれを紹介すると、ベネディックは、クローディオーの母親も牡牛と関係したことがあるのではないか、つまりクローディオーは母親の不倫の子ではないかといった冗談を言う。

(14)単なる頭脳の産物　その前の「諷刺や皮肉」を指す。第二幕第三場では、ベネディックは「悪口、たとえ話、知恵を絞ってひねり出した紙つぶて」という言い方をしていた。これまで結婚というものに対して皮肉を言っていた彼が結婚するると、男たちは頭を使って彼を批判するに違いないが、平気だという、負け惜しみめいた台詞を、彼は語っているのである。

(15)女房たちのかかとから力を抜く　この言葉の意味については、第三幕訳注(18)を参照。ベネディックは、同衾を前にして、女性たちの欲望をかき立てようとしている。レオナートーが異議を唱えるのは、潔癖な彼にはベネディックの性急さが気に入らないからであろう。

# 解　説

## シェイクスピア劇の上演

ウィリアム・シェイクスピア（一五六四－一六一六）の劇は――と言うより、彼の時代の劇は――大抵の現代人が思いえがくような劇場とは異なる空間で上演された。

現代の観客は、いわゆる額縁舞台《がくぶちぶたい》――すなわち、眼前で展開することを、あたかも額縁に納まった一幅の絵のように感じさせてくれる舞台に、慣れているであろう。こういう舞台をそなえた劇場では、すべての観客が基本的には同じものを観ることになる。これに対して、舞台が客席に突きでている――逆に言えば、客席が舞台を三方向から囲むことになる――張出舞台《はりだしぶたい》をそなえた劇場では、舞台（あるいは演技空間）と客席、演じられる劇と観客との関係が、はるかに立体的になる。シェイクスピアの時代の劇場――少なくとも大勢の観客を収容する大劇場はそういうものだった。これは基本的には野外劇場で、劇場全体を覆う屋根はなく、公演は太陽光線の下で行われた。

舞台を囲む平土間は立見席だった。立見席を囲むかたちで、ギャラリーと呼ばれる何層かの椅子席があった。舞台の上には屋根があり、それを支えるおそらく二本の太い柱が舞台にあった。現代の多くの劇場には、舞台と客席の間に幕があるが、そういうものはなかった。写実的で大がかりな舞台装置もなかった。

当然ながら、シェイクスピアの時代の劇場はひとつも残っていない。ただ、現在のロンドンには――厳密に言うと、テムズ川南岸のサザックと呼ばれる地区には――「シェイクスピアのグローブ」、あるいは単に「グローブ」と呼ばれる劇場がある。これはシェイクスピアの劇団が本拠としていたグローブ座を復元しようとして建てられた劇場で、一九九七年に開場した。現代の劇場だから、たとえば電気照明というシェイクスピアの時代にはなかったものをそなえているが、舞台と客席の構造においては、もとのものをかなり忠実に再現していると見なしても差しつかえないと思われる。

舞台奥には二階があり、ここも演技に用いられる。本舞台の奥には、幕でさえぎられた空間があり、人物の登場や退場に利用される。但し、人物の登退場の多くは、舞台奥の壁の左右にあるふたつの出入口を使ってなされる(左の写真を参照)。

さて、もとの劇場には照明はなかった。『から騒ぎ』の場合なら、第三幕第三場や

第五幕第三場は夜の場面だが、人物が燈火をもっていたりするので、観客は時が夜であることを知る。しかし、こういう小道具という視覚に訴える手段よりもはるかに重要なのは、台詞という聴覚に訴える手段だった。たとえば、この劇の第五幕第三場では、夜が明けてゆくさまをドン・ペドローが美しい台詞で描写するが、もちろんそういう変化が観客の目に見えるわけではない。観客はこの台詞を聞いて東の空の様子を想像したのである。

近代以後の劇場とのもっと決定的な違いは、舞台空間そのものの使い方にある。額縁舞台の場合よりも、空間の使い方がはるかに多様になるのだ。たとえばベネディックがだまされる場面(第二幕第三場)だが、最初の長い独白をベネディックが全身を観客の視線にさらしながら語ったことは間違いない。ドン・ペドローたちがやってくるのに気づいて、彼はあずまやに身を隠す。といっても、あずまやの装置が舞台にあったはずはない。いわゆる持ち道具の「あずまや」が舞台に出されたのだろうか(これはありうる)。あるいは、ベネディックは舞台の柱の陰に身を隠したのかもしれない(これは大いにありうる)。これで、彼のすがたは他の人物たちには見えなくなる。正面の観客にも原則として見えなくなる。しかし、かりに上手《かみて》の柱の陰に隠れたのなら、上手側の客席、正面ではなくて脇の席にいる観客には、ベネディックのすがたはよく見える。バルサザーが歌う前に、彼は短い独白(「神々しい妙音だ……」)を語るが、これは客席に向かって堂々と語られたであろう。歌が終わると、彼は傍白(「もしもあいつが犬で……」)を語るが、これも同様に処理されたと思われる。その後、ドン・ペドローたちがしゃべっている間、彼は台詞を発しない。しかし、ドン・ペドローたちの台詞に対する反応を表情や身振りで表現することはできる。観客は――少なくとも上手側の観客は――それを見て笑ったであろう。ただし、観客を笑わせすぎると、たとえば正面の席にいる観客は注意を乱される。それに、演技が安っぽいものになりかねない。私が言いたいのは、張出舞台だと、演技者と観客との関係が、また観客の反応が、多様なものになりえたということである。

つまるところ、張出舞台の芝居は、観客の視覚よりも聴覚に強く訴えかけるのだ。張出舞台の場合、台詞は観客の聴覚的想像力に依存するものになるのである。近代以後のシェイクスピア上演は、舞台美術や照明といった視覚的な表現手段を多用するものになっている。もちろん、それがいけないと言う気は私にはない。しかし、シェイクスピア劇は観客の聴覚的想像力を計算に入れて書かれたという事実を、私どもは時どき思い出した方がいいと思う。別の言い方をするなら、それは近代以後の劇よりも、いわば観客に向かって開かれたものであったのだ。

なお、劇場の構造とは次元の異なる問題だが、シェイクスピアの時代のイギリスには女優はいなかった。女性の役は原則として声変わり前の少年が演じた。このことも記憶しておいた方がいいであろう。

### シェイクスピアが利用した先行作品

『から騒ぎ』には、クローディオーとヒーローに関わるものと、ベネディックとベアトリスに関わるものという、ふたつのプロットが含まれている。前者には、シェイクスピアが利用したかもしれない種本がある。後者については、そういうものはない。大抵の研究者はそう考えている。しかし、どちらのプロットにおいても、誤った情報を与えられた人物がそれを信じてしまうという事件が起こるのだから、作者は、同じ事件を味わいを変えて反復したのだと考えることもできるだろう。そういうわけで、前者の種本となったものは、後者の構想をまとめる時にも参考になったかもしれない。

クローディオーとヒーローのプロットの種本となったと考えられる文学作品はいく

つもあるが、ここでは、主なものを二篇だけ挙げる。ひとつはアリオストの『狂えるオルランド』、もうひとつはバンデッロの短篇小説である。

ルドヴィコ・アリオスト(一四七四―一五三三)はイタリアの作家で、長篇物語詩『狂えるオルランド』(一五一六年)の作者として知られている。全四十六歌からなるこの作品の第五歌の内容がクローディオーとヒーローの物語に似ているのだ。

レナルドーという男がスコットランドへやってきて、スコットランドの王女ジェネヴラが不貞行為のかどで死刑を宣告されていることを知る。彼は王女に仕えるダリンダという女に逢い、王女が実は潔白であることを聞いて、彼女を救うことを決意する。ダリンダはポリネッソーという貴族と恋仲で、しばしば女主人の部屋へ彼を引き入れ、逢瀬を楽しんでいた。ところがポリネッソーはジェネヴラと結婚したいと思うようになり、ダリンダを通じて求愛したが、王女はアリオダンテというイタリア人を愛しているので、まったく応じない。ポリネッソーはダリンダを籠絡して王女の衣服を着けさせ、そのすがたの彼女と逢引きする。そして、その様子をアリオダンテと彼の弟のルルカーニオーに目撃させる。アリオダンテは絶望してすがたを消し、入水自殺を遂げたと信じられるようになった。ルルカーニオーは王女を不貞行為のかどで告発する。

彼女の父であるスコットランド王は彼女に死刑を宣告し、ルルカーニオー相手に決闘して王女の無実を証明する者が現れぬかぎり、刑は執行されると宣言する。決闘を決意したレナルドーがその場へやってくると、すでにルルカーニオーと決闘している騎士がいる。そこへポリネッソーが現れ、ルルカーニオーの相手をしていた男に決闘を挑む。ポリネッソーは敗れ、自分の悪事を告白して死ぬ。相手の男は、死んだと思われていたアリオダンテだった。彼はジェネヴラと結ばれる。ダリンダは修道院に入る。

この作品には、翻訳を多く発表したジョン・ハリントン(一五六〇―一六一二)というイギリスの宮廷人による英語訳(一五九一年刊)があるから、シェイクスピアはそれを読んだかもしれない(もちろん、アリオストの原作を読んだ可能性もある)。

マテオ・バンデッロ(一四八五―一五六一)はやはりイタリアの文人で、一五一〇年から六〇年にかけて執筆した『短篇集』の作者だが、その第二十二話(一五五四年)がヒーローとクローディオーの物語の種本として有力視されている。

アラゴン王ピエローに仕える貴族ティンブレオーは、メシーナに住む貧しい貴族リオナートーの娘フェニチアを見初め、結婚を申しこむ。ティンブレオーの友人でやはり貴族のジロンドーはこれまたフェニチアを恋していたので、嫉妬にかられ、よからぬことを企てる。すなわち、ある男をリオナートーの館に忍びこませ、その現場をティンブレオーが目撃するように仕組んだのである。ティンブレオーは、その男はフェニチアと密会したのだと思いこむ。そして、代理人をリオナートーのもとへ送り、フェニチアとの婚約を破棄する。フェニチアはもはや処女ではないから、ティンブレオーが妻に迎えることはできないと、代理人は述べるのである(リオナートーは、自分が貧しいから、ティンブレオーは婚約を破棄するのだと考える)。衝撃を受けたフェニチアは気を失い、死んだものと思われる。リオナートーは娘を別の土地へ移し、時間を稼ぐ。やがて、ティンブレオーもジロンドーも後悔するようになる。ジロンドーはティンブレオーに自分の悪事を告白し、自分を殺すように求めるが、ティンブレオーは彼を赦し、ジロンドーの気持ちを知っていたら、フェニチアを彼に譲っただろうと言う。男たちはフェニチアの父親に詫びる。父親は結婚については自分の意向に従うという条件でティンブレオーを赦し、ルシーラという娘をティンブレオーの花嫁として薦める。もちろんそれはフェニチアなのだが、一年という時間が経っているので、ティンブレオーはそのことに気づかない(ちなみに彼女は今は十七歳である)。結婚式を挙げた後で、リオナートーが真相を明かすので、ようやくティンブレオーは新妻がフェニチアであることを悟る。なお、ジロンドーは彼女の妹のベルフィオーレと結ばれる。

バンデッロのこの作品は、フランソワ・ド・ベルフォレ(一五三〇―八三)というフランスの文人によってフランス語に訳され、一五六九年に出版された。シェイクスピアが読んだのは、バンデッロの原作ではなくてこのフランス語訳だったのかもしれない。シェイクスピアは『ロミオとジュリエット』や『十二夜』の種本としてもバンデッロの作品を利用しているから、『から騒ぎ』の場合にも、同じことが起こったのは確実であろう。アラゴンの王が登場したり、物語の場所がメシーナであったりするのも、偶然ではあるまい。それに、この物語にはどうしようもない悪人は登場せず、誰かが死ぬわけでもない。

ただ『から騒ぎ』では、ドン・ペドローたちにだまされたベネディックとベアトリスは、ヒーローが陥れられたという真実をすぐに悟る。それより何より、ベネディックとベアトリスは本当にだまされたのであろうか。周囲の人々の〈嘘〉は、二人が互いに好意を抱きあっているという、当人たちが必ずしも明確に意識してはいなかった事実を顕在化させただけなのではないだろうか。こういう発想はシェイクスピアの独創であろう。

初演と刊本

『から騒ぎ』の初演がいつどこで行われたかについては、確実なことは分らない。ただ、それが一六〇〇年より前であったことは間違いない。この年に、この戯曲の最初の版が出版されているからである。学者たちは、初演は一五九八年から九九年にかけての時期に行われただろうと推測している。この時期にシェイクスピアが所属していた劇団(宮内大臣一座)は、それまで本拠にしていたロンドン北部のショーディッチにあったカーテン座を去り、テムズ川南岸のグローブ座を本拠とするようになった。ただし、それが厳密にいつであったのかは、やはり分らない。もしも移転が早い時期のことであったのなら、『から騒ぎ』の初演は新しいグローブ座で、逆に移転が遅い時期のことであったのなら、初演はそれまで同様、カーテン座で行われたことになるのかもしれない。

一六〇〇年に出版されたテクストは、「四折本《よつおりぼん》」(クォートー)と呼ばれる判型の本だった。四折本とは全紙を二度折った大きさの本で(従って全紙一枚は八ページになる)、縦が約十七センチ、横が約十二センチである。全紙を一度だけ折った判型の本もあり、二折本《ふたつおりぼん》(フォーリオー)と呼ばれる。一六二三年に出版されたシェイクスピアの最初の戯曲全集は二折本である。『から騒ぎ』はもちろんこの本にも収録されているが、そのテクストは、一六〇〇年のものと基本的には同じである。ただし四折本の『から騒ぎ』が、幕と場の区分をまったく含んでいなかったのに対し、いわゆる「第一《ファースト・》二折本《フォーリオー》」に収められた同作は、五つの「幕」に分割されていた。現代人の我々が手にするシェイクスピア劇の刊本は、場面についてもさらに細分化されているのが普通だが、これは十八世紀前半以降の編纂者たちの作業に基くものである。現代の版本は古い版と比べると、ト書きが著しく詳しいものになっているが、これまた歴代の編纂者の仕事を利用した結果である。

「アーデン・シェイクスピア」という通称で知られるシェイクスピア戯曲のシリーズがある。一篇の戯曲に詳細な注と解説を加えて一冊の本にまとめたもので、権威あるシリーズとして知られている。一八九九年から一九二四年にかけて刊行されたものを「第一シリーズ」と呼ぶ。続いて一九五一年に「第二シリーズ」の刊行が始まった。そして現在流布しているのは、一九九五年に刊行が始まった「第三シリーズ」である。

私が翻訳の底本に用いたのは、このシリーズの一冊で、クレア・マキーチャーンが編纂したものである(なお、この本の初版は二〇〇六年に出版されたが、私が用いたのは二〇一五年の改訂版のほうである)。

ユーフュイズムと文体

『から騒ぎ』の冒頭で、ドン・ペドローの命令でやってきた使者がメシーナの知事レオナートーに一通の手紙を渡す。手紙には、クローディオーという若者が恩賞に与《あずか》った旨が記されている。そのことに言及したレオナートーに向かって、使者は、クローディオーは最近の戦さでめざましい手柄を立てたのだと答え、それからこう述べる――

その方は若輩ながら思いもよらぬ奮戦ぶり、仔羊のすがたで獅子の働きをされました。人々の期待をいやが上にも上回るその様子、それを語るように期待されても、私にはできかねます。(He hath borne himself beyond the promise of his age, doing in the figure of a lamb the feats of a lion; he hath indeed better bettered expectation than you must expect of me to tell you how.)

この台詞には、実はさまざまの趣向が潜んでいる。

まず、凡庸な劇作家なら、彼の武勇について、「彼はまるで獅子のような働きを見せた。とても人間業とは思えなかった」といった台詞を書くであろう。だがシェイクスピアは、いきなりクローディオーを仔羊と獅子とにたとえる。このたとえは直喩ではなくて隠喩だから、クローディオーが人間であるという事実はいわば括弧に入れられる。観客は、仔羊が獅子の働きを見せたという事実を素直に受け入れるに違いない。どれほど誇張されていても、これは獣の世界なら起こりうることかもしれないのだ。しかも、この台詞には頭韻が忍びこませてある(*figure of a lamb; feats of a lion*)から、聞いていて快い。次に「いやが上にも上回る」のくだりだが、原文は「ベター(better)」を動詞として使い、同じ「ベター」をこの動詞を修飾する副詞としてもう一度用いている。これはかなり強引で押しつけがましい語法だが、それだけに確かに迫力がある。最後に、シェイクスピアは、クローディオーに対して他の軍人たちが抱いていた「期待」と、彼の奮戦の模様を使者に語らせようとしているレオナートーの

「期待」とを対比し、現実はどちらの期待をもしのぐものだったと述べる。要するに、この台詞はあらゆる意味で〈芝居がかった〉ものなのである。

シェイクスピアの先輩にジョン・リリー（一五五四？―一六〇六）という文人がいた。修辞に趣向を凝らした華麗な文体を用いた『ユーフューズ』（一五七八、続篇は一五八〇年刊）という小説で知られる人物である。こういう文体は「ユーフュイズム」と呼ばれるようになったが、『から騒ぎ』の台詞にはユーフュイズムの影響が認められると、何人もの学者が主張している。私が翻訳の底本として用いたテクストの編者クレア・マキーチャーンも同意見である。彼女は、先に引用した使者の台詞について、この人物はもっと身分の高い人物たちの言葉遣いを真似ているのだと述べている。おそらくそうなのであろう。だが、それだけなのだろうか。自分より身分の高い人を相手にする場合には、こういうもってまわった言葉遣いを用いるのが礼儀だと、この使者は考えているのかもしれない。

レオナートーは自分より身分が低い使者の言葉遣いに合わせることなく、平易な言葉遣いを続ける。当然であろう。だが、やがてドン・ペドローが登場し、もってまわった言葉遣いで挨拶する。するとレオナートーはたちまち彼に調子を合わせる。メシーナの知事よりもアラゴンの領主のほうが身分が高いのだから、これは自然で礼儀正しい行為だと考えられる――

ドン・ペドロー　これはレオナートー殿、わずらいの種を迎えにこられたのか？今の世では、出費を避けるのが習い、ところが貴殿はそれを歓迎なさる。

レオナートー　わずらいの種が御領主のようなすがたでわが家へ来たためしはありません。と申すのも、わずらいの種が去ったら、慰めが残るはず、ところが御領主が立ちさられると、悲しみが留まり、幸せがすがたを消すからです。

ドン・ペドローは、レオナートーの行動が世間一般の習わしに反すると指摘することによって、つまり、かなり屈折した言い方で、彼に感謝する。するとレオナートーは、ドン・ペドローのあり方はおおむねの王侯貴族の来客のあり方とは異なると主張するという、やはり屈折した言い方で応じる。ドン・ペドローが一種の逆説を披露すると、レオナートーも逆説で答える。二人の発言はまるで警句か格言のように聞こえる。突飛なことを言うようだが、このやりとりには日本の王朝文学に現れる和歌の応酬に通じるものが認められるような気がする。

さて、このふたつのやりとりの間に、ユーフュイズムとはまったく縁がないが、観客を驚かせるに違いない台詞が語られる。「すみません、上突き様は戦さからお戻りになったでしょうか？」というベアトリスの台詞である。この台詞についていちばん大事なのは、ヒーロー以外の人物は――そして、もちろん観客も――咄嗟には理解できないという点である。訳注で述べたが、原文の「マウンタントー」は上方への突きを意味するフェンシングの用語であり、性的な意味を含んでいる。幸い日本語には「上突き」という卑猥な表現があり、厳密に言うと誤訳になるのを承知で、私はあえてこの単語を採用することにした。そもそも、なぜベアトリスがこんな台詞を語るのかは、すぐには分らない。これ以後のやりとりを聞いて、この台詞に至る語り手の心の動きを、観客は初めて理解する。スリラー劇には、後になってから隠れた意味が判明する台詞がしばしば現れるが、この台詞もそういうものなのである。

ベアトリスはベネディックになみなみならぬ関心を抱いている。それは実は愛情なのだが、この段階では彼女はそのことをまだ自覚していない。あるいは、彼女は自覚することを懸命に避けていると言った方が正確かもしれない。いずれにせよ、戦争に行った彼の安否がひじょうに気がかりである。使者に確かめたいところだが、万一彼が死んでいたら大変だ。それに使者は知事であるレオナートーを相手に話をしている。割りこむのは失礼だろう。「名のある方(の死者)は皆無でした」という使者の言葉を聞いて、彼女はかなり安心するが、やはり、確実なことを知りたい。だが、ベネディックの名を挙げるのは少なからずはしたない行為だから憚られる。そこで、ヒーロー以外の人物には理解できない問いを発するという、不自然なことをやってしまう(「上突き様」は彼女がヒーロー相手にベネディックの噂をする時に使うあだ名なのだと考えたらいいだろう)。ここで肝腎なのは、彼女の問いの意味内容ではなくて、彼女が他人には理解できない問いを発する動機なのである。とにかく、ヒーローの説明を聞いてベアトリスの問いを理解した使者が明快な返事をする。それを聞いたベアトリスは堰を切ったように多弁になる。意図していたかどうかはともかく、彼女は結果的にはこれ以後の会話の主導権を完全に握るに至る。

ベネディックが登場する。だが、彼はベアトリスを無視する。ベアトリスはたまりかねて彼に話しかける。「いつまでもしゃべり続けるつもりなの、ベネディックさん。誰も聞いてはいないわ」というわけである。もちろんこの台詞は筋が通らない。ベアトリスは男の発言を注意深く聞いていたからだ。そして、二人は機知合戦を披露する。憎まれ口を叩きあうのだが、実は二人は、こういうかたちで愛情を確認しあっているのである。

人々は退場し、ベネディックとクローディオーだけが残る。これまでのところ、クローディオーはずっと沈黙していた。彼が退場しなかったのは、ヒーローに対する思いをベネディックに打ち明けたかったからであろう。だが、ベネディックは真面目に対応しない。ドン・ペドローが再登場し、ベネディックが退場すると、クローディオーはドン・ペドロー相手にヒーローへの思いを語る。ここでクローディオーの文体が変わる。まず、それは韻文になる。クローディオーは、出陣する前の自分と、こうして凱旋した自分とを対比させ、ヒーローに対する思いが変わったと述べる。この時代には近代的な火器はなく、文字通り身を挺して戦わねばならなかったから、戦争で落命する危険はひじょうに大きかった。出陣する前のクローディオーは不安感にさいなまれていて恋愛どころではなかったが、無事に凱旋してみるとヒーローへの思いがひときわ高まるという変化は極めて自然なものである。だが、自分自身を対象化する彼の視点が、何となく型にはまった、語り手の個性をあまり感じさせないものであることも否定できないであろう。実は対照法もユーフュイズムの重要な特徴なのである。

クローディオーはある段階から雄弁になるが、第一幕第一場には、ただ一度しか発言しなかった人物も別にいた。ドン・ジョンである。「兄君と和解された由。私も今後は御意に従います」というレオナートーの言葉に対して、彼は「ありがとう。多くは言わぬ、ただありがとう」と答える。それだけである(最近の戦さは、彼がドン・ペドローに対して謀反を起こした結果、始まったものであろう)。

ところが、第一幕第三場のドン・ジョンは、気心が知れているコンラッドが相手であるせいか、打って変わってひどく饒舌になる。彼は自分のあり方を距離をおいて分析し、自分の行動の特徴を冷静に列挙する。さらに彼は自分を薔薇にたとえ、「おれは生垣の野薔薇でいたいのだ、兄に目をかけられて咲く薔薇よりも」と述べる。ドン・ジョンは、この場面の終わり近くで、クローディオーの結婚を妨害したいなどと言う。彼は敵役であり、観客が共感できる人物ではないが、言葉遣いに関する限り、クローディオーと変わらないのだ。

この調子で台詞の吟味を続けるときりがないから、このくらいにしておくが、その前にどうしても言及しておきたい人物がいる。第三幕第三場で初めて登場する警察署長ドグベリーである。

十八世紀のイギリスの劇作家リチャード・ブリンズリー・シェリダン（一七五一―一八一六）の出世作『恋敵』（一七七五年初演）にマラプロップ夫人という人物が登場する。もったいぶった言葉を使おうとするが、しばしば間違った言葉を使うので、発言がわけの分らないものになってしまうのだ。こういう言い違いは、この人物に因んで「マラプロピズム」と呼ばれるようになった。ドグベリーの台詞もマラプロピズムの典型的な例として扱われる。しかしよく注意すると、彼は単に単語を間違えるだけではないことが判明するはずだ。彼の発言は論理的にはまったく意味をなさないことが少なくない。彼は強い上昇志向に動かされていて、自分が博学で頭がよくて、権威ある地位にふさわしい人物であることを証明しようとして発言するのだが、この試みはほとんどつねに裏目に出る。しかし彼自身が、自分が間違った言葉を使っていたり、自分が依拠している論理が出鱈目なものであったりすることを、自覚している様子はない。だから、余計に滑稽である。そもそも彼は自分が使っている言葉自体を理解してはいないのであろう。それにもかかわらず、彼は自分より身分の高い人々の社会に自分も所属したいと思って、彼等の言葉遣いを懸命に真似ようとする。

『から騒ぎ』という劇の状況において、この人物の言葉遣いがどんな効果をもつかは、おのずと明らかであろう。彼はクローディオーやドン・ジョンのようにもったいぶった言葉遣いを好む人物のパロディとして機能しているのだ。ユーフェイズムが時と場合によっては笑うべきものとなりうることを、シェイクスピアは知っていたに違いない。彼はドグベリーの言葉遣いを通してユーフェイズムを批判してもいるのである。

ついでながら、翻訳劇の台詞は〈こなれた〉ものでなければならないと説く人がいる。確かに、翻訳劇に限らず、劇の台詞は耳で聞いて容易に理解できるものでなければならない。しかし、そのことは、現代の日本人の日常会話のような文体を使うことを必ずしも意味しない。シェイクスピア劇はすべてそうだが、特に『から騒ぎ』は、日常会話とはほど遠い文体で書かれている。『から騒ぎ』の登場人物たちは、発話行為を一種の演技として捉えているのだ。だから、平易に言えることをわざとまわりくどく言ったりする。翻訳者はそういう文体を生かさねばならないだろう。単語の誤訳も困るが、文体の誤訳はもっと由々しい問題だと、私は思う。

## プロットと人物の自意識

『から騒ぎ』のプロットの根底にあるのは嘘である。もう少し具体的に言うと、特定の人物ないし人物たちが他の人物ないし人物たちをだますという事件がプロットを進めるのである。この欺瞞行為は三度現れる。

まず、ドン・ペドロー、レオナートー、クローディオーが、ベアトリスがベネディックを慕っているという嘘をベネディックに聞かせる(第二幕第三場)。次に、ヒーローとアーシュラが、ベネディックがベアトリスを慕っているという嘘をベアトリスに聞かせる(第三幕第一場)。もちろんふたつの嘘は表裏一体をなしている。そしてすべてを司るのは、ベネディックとベアトリスをだますことを第二幕第一場の終わり近くで提案するドン・ペドローである。彼は一連の欺瞞行為という芝居の作者ないし演出者となるのだ。

まずベネディックがだまされるくだりだが、彼をだます三人の男たちの台詞は、この戯曲を通じて最も日常的で自然な、つまりユーフュイズムの対極にあるような文体で書かれている。しかし、三人は自分たちの発言が事実に裏づけられていないことを知っていて、一種の芝居をするのだから、このくだりはいわば劇中劇になる。日常会話のように聞こえる台詞は、実は演じられた日常会話に他ならない。そのことに気づくと、割合に早い段階でレオナートーが語る「芝居の情熱が、(ベアトリスが)見せているような真に迫るものになったためしはありません」という台詞が、観客をからうことになりかねない、意地悪な楽屋落ちの台詞であることに、我々は思い当たるに違いない。

ベネディックだましのくだりは、ドン・ペドローの問いにレオナートーとクローディオーが答えるというかたちで進行するが、作者は、レオナートーとクローディオーの語り口を明らかに書きわけている。誠実で嘘をつくことに慣れていないらしいレオナートーは、自ら新しい話題を口にすることはあまりなく、雄弁な人物とは呼び難い。これに対して、遊びなれていて軽薄なクローディオーは、嘘をつくことを心ゆくまで楽しんでいる。ただ、二人の語り口には共通点がある。すなわち、ことあるごとに、「これはヒーローから聞いた話だ」といった言い方をするのだ。もちろん、これも嘘だが、この発言はベネディックが嘘を真に受ける有力な根拠になる。

興味深いことに、三人が調子に乗って嘘を連発するくだりは、ベネディックのふたつの独白にはさまれている。まず、嘘のくだりに先行する長い独白だが、彼が用いている自問自答という形式もユーフュイズムの特徴である。ベネディックは、恋に落ちる前のクローディオーと現在のクローディオーを比較し、慨嘆する。次いで彼は自分自身に話を移し、自分がクローディオーのようになるかどうかを吟味して、自分は大丈夫だと一応は結論づける。そして、自分にとって望ましい女性の条件について勝手きわまる注文を羅列する。『から騒ぎ』の台詞は散文が大きな割合を占めていることで知られており、ベネディックはあらゆる意味で〈散文的〉な人物である。この独白も形式においては散文なのだが、自分自身を含む議論の対象を多角的に捉え、冷静に吟味するという思考法は、明らかにユーフュイズムのものである。ところが、嘘を聞かされた後のベネディックの独白はおよそそういうものではない。単純明快な台詞を語るこの男は、ベアトリスとの恋愛をためらいも疑念もなく受け入れている。彼はベアトリスを一途に恋する男に完全に変身したのだ。シェイクスピアは、この変身を何よりもまず文体の変化として表現したようだ。

ベアトリスがヒーローとアーシュラによってだまされる場面そのものには、こういう著しい変化は認められない。ベアトリスは独白を発することもなく、ふたりの嘘を黙って聞いている。ただし観客は、第一幕第一場における彼女とベネディックとの応酬や、第二幕第一場で彼女が披露した憎まれ口を、まだ鮮明に記憶しているに違いない。その上、ヒーローがベアトリスのふだんの口ぶりを再現する。だから、ベアトリスが実に美しい独白でベネディックの愛に積極的に応える決意を表明することは、観客を驚かせるであろう。これは十行の整った韻文で、あと一息でソネットとして完成する台詞なのだ。ベアトリスがこんな台詞を口にするのは、間違いなくこれが初めてであろう。

言葉遣いに即して言うなら、ベネディックとベアトリスが経験するのは、いわばユーフュイズムからの解放あるいはユーフュイズムの克服である。自己分析的で自意識過剰なユーフュイズムの言語感覚が、恋愛にとって大きな障害になることは、考えてみるまでもない。この後、ベネディックとベアトリスが初めてふたりきりになるのは、第四幕第一場だが、二人のやりとりにはユーフュイズムの片鱗も認められない。

さて、第三の嘘はもちろんドン・ジョンのものである。これは、ベネディックやベアトリスをだます嘘と違って、一気に披露されることはない。シェイクスピアは、この嘘をいわば小出しにして、クローディオーたちに対する欺瞞行為が進行する様子を念入りに見せるのだ。たとえば第二幕第一場、仮面舞踏会の直後に、ドン・ジョンは相手がクローディオーであることを百も承知で、相手がベネディックであるかのように振舞い、クローディオーが聞いたら傷つくに決まっていることを彼の耳に入れる。ベネディックとベアトリスをだますことに成功した人物たちはすっかり浮かれているが、彼等は自分たちを陥れようという陰謀がめぐらされていることにまったく気づかない。だました者たちが、今度はだまされる者になるという皮肉を作者は示したかったに違いない。もちろん観客にはすべてが分っているから、あらゆる人物を距離をおいて眺めるようになる。

第三幕第二場になって、ようやくドン・ジョンはドン・ペドローとクローディオーに向かって嘘をつく。その嘘をクローディオーは簡単に信じてしまうが、あるいは彼は仮面舞踏会の直後にドン・ジョンから受けた仕打ちのせいですっかり不安になったことをまだ覚えているのかもしれない。

この日の夜、ドン・ペドローとクローディオーは、ヒーローの衣服を着けたマーガレットとボラーチオーが密会するさまを、ドン・ジョンに誘われて目撃することになるのだが、その場面は舞台では演じられない。なぜだろう。第三幕第三場のボラーチオーの台詞によると、男たちは「はるかかなたの果樹園から」密会の様子を見ていたそうだから、密会している(ことになっている)者たちのやり取りはよくは聞こえなかったはずだ。そもそも劇作家は二人にどんな台詞を語らせたらいいのだろう。他方、〈密会〉を見ている男たちが何の反応もしないのは不自然だから適当な台詞を与えねばならないが、自然さを尊重するなら、面白くもない台詞にならざるをえなかったであろう。賢明なシェイクスピアがこういう場面を舞台で展開させなかったのは当然だったという気がする。

ベネディックとベアトリスが恋愛を成就させるについての最大の障害は、彼らの自意識である。人々の〈嘘〉を聞いた二人は、自分たちが抱いているものが恋愛感情に他ならないことを自覚するが、互いにそれを認め合うには至らない。ヒーローがドン・ジョンたちによって陥れられたことを直感的に悟った二人は、同じ認識を共有する者として、ようやく二人が恋愛関係にあることを事実として受け入れる。

恋愛という行為は何ほどかの没入を要するが、恋愛に耽りながら、意識をとぎすまして冷静に自己を対象化することは可能なのか。『から騒ぎ』は陽気な喜劇だが、二人が直面しているのは、実は、行動と認識とは両立するのかという大問題である。そして二人は、行動を演技として捉えることによって、どうやら問題を解決する。

同じ現象を、シェイクスピアは別の作品でも扱った。『ハムレット』である。この劇の主人公も、行動と認識の対立に悩みながら、自らに与えられた復讐者という役割を演じ切ることによって問題を解決する。この劇の初演は一六〇〇年から翌年にかけて――つまり、『から騒ぎ』の初演にすぐ続いて――行われたと推定されている。作者にとっては、『から騒ぎ』は『ハムレット』の一種の予行演習だったのかもしれない。

この訳書の編集作業は岩波文庫編集部の清水愛理氏が担当された。清水氏からは数多くの貴重な示唆を頂戴した。その上、二〇一九年夏に清水氏が現地で撮影されたロンドンのグローブ座の写真を「解説」に含めることができた。厚く御礼申しあげたい。

二〇二〇年一月

喜志哲雄

から騒《さわ》ぎ　シェイクスピア作

2020年4月16日　第1刷発行

訳　者　喜志哲雄《きしてつお》

発行者　岡本　厚

発行所　株式会社　岩波書店
〒101-8002 東京都千代田区一ツ橋 2-5-5

案内 03-5210-4000　営業部 03-5210-4111
文庫編集部 03-5210-4051
https://www.iwanami.co.jp/

印刷 製本・法令印刷　カバー・精興社

ISBN 978-4-00-372509-2　　Printed in Japan

# 読書子に寄す

## ——岩波文庫発刊に際して——

岩波茂雄

　真理は万人によって求められることを自ら欲し、芸術は万人によって愛されることを自ら望む。かつては民を愚昧ならしめるために学芸が最も狭き堂宇に閉鎖されたことがあった。今や知識と美とを特権階級の独占より奪い返すことはつねに進取的なる民衆の切実なる要求である。岩波文庫はこの要求に応じそれに励まされて生まれた。それは生命ある不朽の書を少数者の書斎と研究室とより解放して街頭にくまなく立たしめ民衆に伍せしめるであろう。近時大量生産予約出版の流行を見る。その広告宣伝の狂態はしばらくおくも、後代にのこすと誇称する全集がその編集に万全の用意をなしたるか。千古の典籍の翻訳企図に敬虔の態度を欠かざりしか。さらに分売を許さず読者を繫縛して数十冊を強うるがごとき、はたしてその揚言する学芸解放のゆえんなりや。吾人は天下の名士の声に和してこれを推挙するに躊躇するものである。このときにあたって、岩波書店は自己の責務のいよいよ重大なるを思い、従来の方針の徹底を期するため、すでに十数年以前より志して来た計画を慎重審議この際断然実行することにした。吾人は範をかのレクラム文庫にとり、古今東西にわたって文芸・哲学・社会科学・自然科学等種類のいかんを問わず、いやしくも万人の必読すべき真に古典的価値ある書をきわめて簡易なる形式において逐次刊行し、あらゆる人間に須要なる生活向上の資料、生活批判の原理を提供せんと欲する。

この文庫は予約出版の方法を排したるがゆえに、読者は自己の欲する時に自己の欲する書物を各個に自由に選択することができる。携帯に便にして価格の低きを最主とするがゆえに、外観を顧みざるも内容に至っては厳選最も力を尽くし、従来の岩波出版物の特色をますます発揮せしめようとする。この計画たるや世間の一時の投機的なるものと異なり、永遠の事業として吾人は微力を傾倒し、あらゆる犠牲を忍んで今後永久に継続発展せしめ、もって文庫の使命を遺憾なく果たさしめることを期する。芸術を愛し知識を求むる士の自ら進んでこの挙に参加し、希望と忠言とを寄せられることは吾人の熱望するところである。その性質上経済的には最も困難多きこの事業にあえて当たらんとする吾人の志を諒として、その達成のため世の読書子とのうるわしき共同を期待する。

昭和二年七月

## 《イギリス文学》〔赤〕

ユートピア　トマス・モア　平井正穂訳
完訳カンタベリー物語　全三冊　チョーサー　桝井迪夫訳
ヴェニスの商人　シェイクスピア　中野好夫訳
ジュリアス・シーザー　シェイクスピア　中野好夫訳
十二夜　シェイクスピア　小津次郎訳
ハムレット　シェイクスピア　野島秀勝訳
オセロウ　シェイクスピア　菅泰男訳
リア王　シェイクスピア　野島秀勝訳
マクベス　シェイクスピア　木下順二訳
ソネット集　シェイクスピア　高松雄一訳
ロミオとジューリエット　シェイクスピア　平井正穂訳
対訳シェイクスピア詩集 ―イギリス詩人選(1)　柴田稔彦編
失楽園　全二冊　ミルトン　平井正穂訳
ロビンソン・クルーソー　全二冊　デフォー　平井正穂訳
ガリヴァー旅行記　スウィフト　平井正穂訳
ジョウゼフ・アンドルーズ　全二冊　フィールディング　朱牟田夏雄訳

ウェイクフィールドの牧師 ―むだばなし　ゴールドスミス　小野寺健訳
幸福の探求 ―アビシニアの王子ラセラスの物語　サミュエル・ジョンソン　朱牟田夏雄訳
マンフレッド　バイロン　小川和夫訳
ワーズワース詩集　田部重治選訳
対訳ワーズワス詩集 ―イギリス詩人選(3)　山内久明編
湖の麗人　スコット　入江直祐訳
キプリング短篇集　橋本槙矩編訳
対訳コウルリッジ詩集 ―イギリス詩人選(7)　上島建吉編
高慢と偏見　全二冊　ジェーン・オースティン　富田彬訳
説きふせられて　ジェーン・オースティン　富田彬訳
エマ　全二冊　ジェーン・オースティン　工藤政司訳
対訳テニスン詩集 ―イギリス詩人選(5)　西前美巳編
虚栄の市　全四冊　サッカリー　中島賢二訳
床屋コックスの日記・馬丁粋語録　サッカレー　平井呈一訳
デイヴィッド・コパフィールド　全五冊　ディケンズ　石塚裕子訳
ディケンズ短篇集　小池滋　石塚裕子訳
炉辺のこほろぎ　ディケンズ　本多顕彰訳

ボズのスケッチ 短篇小説篇　全二冊　ディケンズ　藤岡啓介訳
アメリカ紀行　全二冊　ディケンズ　伊藤弘之・下笠徳次・隈元貞広訳
イタリアのおもかげ　ディケンズ　伊藤弘之・下笠徳次・隈元貞広訳
大いなる遺産　全二冊　ディケンズ　石塚裕子訳
荒涼館　全四冊　ディケンズ　佐々木徹訳
鎖を解かれたプロメテウス　シェリー　石川重俊訳
ジェイン・エア　全二冊　シャーロット・ブロンテ　河島弘美訳
嵐が丘　全二冊　エミリー・ブロンテ　河島弘美訳
教養と無秩序　マシュー・アーノルド　多田英次訳
アンデス登攀記　全二冊　ウィンパー　大貫良夫訳
ハーディ テス　全二冊　井上宗次・石田英二訳
緑の木蔭 ―和蘭派田園画　トマス・ハーディ　阿部知二訳
緑の館 ―熱帯林のロマンス　ハドソン　柏倉俊三訳
ジーキル博士とハイド氏　スティーヴンスン　海保眞夫訳
プリンス・オットー　スティーヴンスン　小川和夫訳
新アラビヤ夜話　スティーヴンスン　佐藤緑葉訳
南海千一夜物語　スティーヴンスン　中村徳三郎訳

若い人々のために 他十一篇　スティーヴンスン　岩田良吉訳
マーカイム・壜の小鬼 他五篇　スティーヴンソン　高松雄一・高松禎子訳
怪談 ―不思議なことの物語と研究　ラフカディオ・ハーン　平井呈一訳
心 ―日本の内面生活の暗示と影響　ラフカディオ・ハーン　平井呈一訳
サロメ　ワイルド　福田恆存訳
嘘から出た誠　ワイルド　岸本一郎訳
人と超人　バーナード・ショー　市川又彦訳
分らぬもんですよ　バァナード・ショウ　市川又彦訳
ヘンリ・ライクロフトの私記　ギッシング　平井正穂訳
南イタリア周遊記　ギッシング　小池滋訳
闇の奥　コンラッド　中野好夫訳
コンラッド短篇集　中島賢二編訳
対訳イエイツ詩集　高松雄一編
月と六ペンス　モーム　行方昭夫訳
読書案内 ―世界文学　W・S・モーム　西川正身訳
人間の絆 全三冊　モーム　行方昭夫訳
夫が多すぎて　モーム　海保眞夫訳

サミング・アップ　モーム　行方昭夫訳
モーム短篇選 全二冊　行方昭夫編訳
アシェンデン ―英国情報部員のファイル　モーム　中島賢二・岡田久雄訳
お菓子とビール　モーム　行方昭夫訳
荒地　T・S・エリオット　岩崎宗治訳
悪口学校　シェリダン　菅泰男訳
パリ・ロンドン放浪記　ジョージ・オーウェル　小野寺健訳
カタロニア讃歌　ジョージ・オーウェル　都築忠七訳
動物農場 ―おとぎばなし　ジョージ・オーウェル　川端康雄訳
対訳キーツ詩集 ―イギリス詩人選(10)　宮崎雄行編
キーツ詩集　中村健二訳
阿片常用者の告白　ド・クインシー　野島秀勝訳
20世紀イギリス短篇選 全二冊　小野寺健編訳
イギリス名詩選　平井正穂編
タイム・マシン 他九篇　H・G・ウエルズ　橋本槇矩訳
透明人間　H・G・ウエルズ　橋本槇矩訳
トーノ・バンゲイ 全二冊　ウェルズ　中西信太郎訳

愛されたもの　イーヴリン・ウォー　中村健二・出淵博訳
イギリス民話集　河野一郎編訳
フォースター評論集　小野寺健編訳
白衣の女 全三冊　ウィルキー・コリンズ　中島賢二訳
対訳英米童謡集　河野一郎編訳
灯台へ　ヴァージニア・ウルフ　御輿哲也訳
船出 全二冊　ヴァージニア・ウルフ　川西進訳
夜の来訪者　プリーストリー　安藤貞雄訳
イングランド紀行 全二冊　プリーストリー　橋本槇矩訳
アーネスト・ダウスン作品集　南條竹則編訳
スコットランド紀行　エドウィン・ミュア　橋本槇矩訳
ヘリック詩鈔　森亮訳
たいした問題じゃないが ―イギリス・コラム傑作選　行方昭夫編訳
英国ルネサンス恋愛ソネット集　岩崎宗治編訳
文学とは何か ―現代批評理論への招待 全二冊　テリー・イーグルトン　大橋洋一訳
D・G・ロセッティ作品集　南條竹則・松村伸一編訳

## 《アメリカ文学》〔赤〕

- ギリシア・ローマ神話 付インド・北欧神話 — ブルフィンチ 野上弥生子訳
- 中世騎士物語 — ブルフィンチ 野上弥生子訳
- フランクリン自伝 — 松本慎一 西川正身 訳
- フランクリンの手紙 — 蕗沢忠枝編訳
- スケッチ・ブック 全二冊 — アーヴィング 齊藤昇訳
- アルハンブラ物語 全二冊 — アーヴィング 平沼孝之訳
- ウォルター・スコット邸訪問記 — アーヴィング 齊藤昇訳
- ブレイスブリッジ邸 — アーヴィング 齊藤昇訳
- 完訳 緋文字 — ホーソーン 八木敏雄訳
- 哀詩 エヴァンジェリン — ロングフェロー 斎藤悦子訳
- 黒猫・モルグ街の殺人事件 他五篇 — ポオ 中野好夫訳
- 対訳 ポー詩集 —アメリカ詩人選(1) — 加島祥造編
- ユリイカ — ポオ 八木敏雄訳
- ポオ評論集 — 八木敏雄編訳
- 森の生活 (ウォールデン) 全二冊 — ソロー 飯田実訳
- 市民の反抗 他五篇 — H・D・ソロー 飯田実訳
- 白鯨 全三冊 — メルヴィル 八木敏雄訳
- ビリー・バッド — メルヴィル 坂下昇訳
- 幽霊船 他一篇 — ハーマン・メルヴィル 坂下昇訳
- 対訳 ホイットマン詩集 —アメリカ詩人選(2) — 木島始編
- 対訳 ディキンソン詩集 —アメリカ詩人選(3) — 亀井俊介編
- 不思議な少年 — マーク・トウェイン 中野好夫訳
- 王子と乞食 — マーク・トウェーン 村岡花子訳
- 人間とは何か — マーク・トウェイン 中野好夫訳
- ハックルベリー・フィンの冒険 全二冊 — マーク・トウェイン 西田実訳
- いのちの半ばに — ビアス 西川正身訳
- 新編 悪魔の辞典 — ビアス 西川正身編訳
- ビアス短篇集 — 大津栄一郎編訳
- ヘンリー・ジェイムズ短篇集 — 大津栄一郎編訳
- あしながおじさん — ジーン・ウェブスター 遠藤寿子訳
- 赤い武功章 他三篇 — クレイン 西田実訳
- シカゴ詩集 — サンドバーグ 安藤一郎訳
- 熊 他三篇 — フォークナー 加島祥造訳
- 響きと怒り 全二冊 — フォークナー 平石貴樹 新納卓也訳
- アブサロム、アブサロム! 全二冊 — フォークナー 藤平育子訳
- 八月の光 全二冊 — フォークナー 諏訪部浩一訳
- ブラック・ボーイ —ある幼少期の記録 全二冊 — リチャード・ライト 野崎孝訳
- オー・ヘンリー傑作選 — 大津栄一郎訳
- 小公子 — バアネット 若松賤子訳
- 黒人のたましい — W・E・B・デュボイス 木島始 鮫島重俊 黄寅秀訳
- アメリカ名詩選 — 亀井俊介 川本皓嗣編
- 魔法の樽 他十二篇 — マラマッド 阿部公彦訳
- 青白い炎 — ナボコフ 富士川義之訳
- 風と共に去りぬ 全六冊 — マーガレット・ミッチェル 荒このみ訳
- 対訳 フロスト詩集 —アメリカ詩人選(4) — 川本皓嗣編

## 《ドイツ文学》〔赤〕

ニーベルンゲンの歌 全二冊　相良守峯訳
若きウェルテルの悩み　ゲーテ　竹山道雄訳
ヴィルヘルム・マイスターの修業時代 全三冊　ゲーテ　山崎章甫訳
イタリア紀行 全三冊　ゲーテ　相良守峯訳
ファウスト 全二冊　ゲーテ　相良守峯訳
ゲーテとの対話 全三冊　エッカーマン　山下肇訳
ヴィルヘルム・テル　シラー　桜井政隆・桜井国隆訳
スペインの太子 ドン・カルロス　シルレル　佐藤通次訳
青い花　ノヴァーリス　青山隆夫訳
夜の讃歌・サイスの弟子たち 他一篇　ノヴァーリス　今泉文子訳
完訳 グリム童話集 全五冊　金田鬼一訳
ホフマン短篇集　池内紀編訳
水妖記（ウンディーネ）　フーケー　柴田治三郎訳
O侯爵夫人 他六篇　クライスト　相良守峯訳
影をなくした男　シャミッソー　池内紀訳
流刑の神々・精霊物語　ハイネ　小沢俊夫訳

冬物語 —ドイツ　ハイネ　井汲越次訳
ユーディット 他一篇　ヘッベル　吹田順助訳
芸術と革命 他四篇　ワーグナア　北村義男訳
ブリギッタ・森の泉 他一篇　シュティフター　宇多五郎・高安国世訳
みずうみ 他四篇　シュトルム　関泰祐訳
聖ユルゲンにて・後見人カルステン 他一篇　シュトルム　国松孝二訳
村のロメオとユリア　ケラー　草間平作訳
沈鐘　ハウプトマン　阿部六郎訳
地霊・パンドラの箱 ルル二部作　F・ヴェデキント　岩淵達治訳
春のめざめ　F・ヴェデキント　酒寄進一訳
夢小説・闇への逃走 他一篇　シュニッツラー　池内紀・武村知子訳
花・死人に口なし 他七篇　シュニッツラー　番匠谷英一・山本有三訳
リルケ詩集　高安国世訳
ドゥイノの悲歌　リルケ　手塚富雄訳
ブッデンブローク家の人びと 全三冊　トーマス・マン　望月市恵訳
トオマス・マン短篇集　実吉捷郎訳
魔の山 全二冊　トーマス・マン　関泰祐・望月市恵訳

トニオ・クレエゲル　トオマス・マン　実吉捷郎訳
ヴェニスに死す　トオマス・マン　実吉捷郎訳
車輪の下　ヘルマン・ヘッセ　実吉捷郎訳
漂泊の魂 クヌルプ　ヘルマン・ヘッセ　相良守峯訳
デミアン　ヘルマン・ヘッセ　実吉捷郎訳
シッダルタ　ヘッセ　手塚富雄訳
ルーマニア日記　カロッサ　高橋健二訳
美しき惑いの年　カロッサ　手塚富雄訳
若き日の変転　カロッサ　斎藤栄治訳
幼年時代　カロッサ　斎藤栄治訳
指導と信従　カロッサ　国松孝二訳
ジョゼフ・フーシェ —ある政治的人間の肖像　シュテファン・ツワイク　高橋禎二・秋山英夫訳
変身・断食芸人　カフカ　山下肇・山下萬里訳
審判　カフカ　辻瑆訳
カフカ短篇集　池内紀編訳
カフカ寓話集　池内紀編訳
三文オペラ　ブレヒト　岩淵達治訳

- 肝っ玉おっ母とその子どもたち　ブレヒト　岩淵達治訳
- ドイツ炉辺ばなし集 —カレンダーゲシヒテン　ヘーベル　木下康光編訳
- 憂愁夫人　ズーデルマン　相良守峯訳
- 悪童物語　ルウドキヒ・トオマ　実吉捷郎訳
- ティル・オイレンシュピーゲルの愉快ないたずら　阿部謹也訳
- 大理石像・デュランデ城悲歌　アイヒェンドルフ　関泰祐訳
- 改訳 愉しき放浪児　アイヒェンドルフ　関泰祐訳
- ホフマンスタール詩集　川村二郎訳
- 陽気なヴッツ先生 他一篇　ジャン・パウル　岩田行一訳
- インド紀行 全二冊　ボンゼルス　実吉捷郎訳
- ドイツ名詩選　生野幸吉・檜山哲彦編
- 蝶の生活　シュナック　岡田朝雄訳
- 聖なる酔っぱらいの伝説 他四篇　ヨーゼフ・ロート　池内紀訳
- ラデツキー行進曲 全二冊　ヨーゼフ・ロート　平田達治訳
- 人生処方詩集　エーリヒ・ケストナー　小松太郎訳
- 三十歳　インゲボルク・バッハマン　松永美穂訳
- 第七の十字架 全二冊　アンナ・ゼーガース　山下肇・新村浩訳

## 《フランス文学》〔赤〕

- ロランの歌　有永弘人訳
- ラブレー第一之書 ガルガンチュワ物語　渡辺一夫訳
- ラブレー第二之書 パンタグリュエル物語　渡辺一夫訳
- ラブレー第三之書 パンタグリュエル物語　渡辺一夫訳
- ラブレー第四之書 パンタグリュエル物語　渡辺一夫訳
- ラブレー第五之書 パンタグリュエル物語　渡辺一夫訳
- ピエール・パトラン先生　渡辺一夫訳
- 日月両世界旅行記　シラノ・ド・ベルジュラック　赤木昭三訳
- ロンサール詩集　ロンサール　井上究一郎訳
- エセー 全六冊　モンテーニュ　原二郎訳
- ラ・ロシュフコー箴言集　二宮フサ訳
- ブリタニキュス ベレニス　ラシーヌ　渡辺守章訳
- ドン・ジュアン —石像の宴　モリエール　鈴木力衛訳
- 完訳 ペロー童話集　新倉朗子訳
- 偽りの告白　マリヴォー　鈴木力衛訳
- 贋の侍女・愛の勝利　マリヴォー　佐藤実枝・井村順一訳

- カンディード 他五篇　ヴォルテール　植田祐次訳
- 哲学書簡　ヴォルテール　林達夫訳
- 孤独な散歩者の夢想　ルソー　今野一雄訳
- フィガロの結婚　ボオマルシェエ　辰野隆訳
- 危険な関係 全二冊　ラクロ　伊吹武彦訳
- 美味礼讃 全二冊　ブリア-サヴァラン　関根秀雄・戸部松実訳
- 恋愛論 全二冊　スタンダール　杉本圭子訳
- 赤と黒 全二冊　スタンダール　桑原武夫・生島遼一訳
- ヴァニナ・ヴァニニ 他四篇　スタンダール　生島遼一訳
- ゴプセック・毬打つ猫の店　バルザック　芳川泰久訳
- サラジーヌ 他三篇　バルザック　芳川泰久訳
- 艶笑滑稽譚 全三冊　バルザック　石井晴一訳
- レ・ミゼラブル 全四冊　ユーゴー　豊島与志雄訳
- 死刑囚最後の日　ユーゴー　豊島与志雄訳
- ライン河幻想紀行　ユーゴー　榊原晃三編訳
- ノートル＝ダム・ド・パリ 全二冊　ユーゴー　辻昶・松下和則訳
- モンテ・クリスト伯 全七冊　アレクサンドル・デュマ　山内義雄訳

三銃士 全二冊　デュマ　生島遼一訳
エトルリヤの壺 他五篇　メリメ　杉捷夫訳
カルメン　メリメ　杉捷夫訳
愛の妖精（プチット・ファデット）　ジョルジュ・サンド　宮崎嶺雄訳
ボードレール 悪の華　鈴木信太郎訳
ボヴァリー夫人 全二冊　フローベール　伊吹武彦訳
感情教育 全二冊　フローベール　生島遼一訳
紋切型辞典　フローベール　小倉孝誠訳
風車小屋だより　ドーデー　桜田佐訳
月曜物語　ドーデー　桜田佐訳
パリ風俗 サフォ　ドーデー　朝倉季雄訳
プチ・ショーズ —ある少年の物語　ドーデ　原千代海訳
神々は渇く　アナトール・フランス　大塚幸男訳
テレーズ・ラカン 全二冊　エミール・ゾラ　小林正訳
ジェルミナール 全三冊　エミール・ゾラ　安士正夫訳
獣人 全二冊　エミール・ゾラ　川口篤訳
制作 全二冊　エミール・ゾラ　清水正和訳

水車小屋攻撃 他七篇　エミール・ゾラ　朝比奈弘治訳
氷島の漁夫　ピエール・ロチ　吉氷清訳
マラルメ詩集　渡辺守章訳
脂肪のかたまり　モーパッサン　高山鉄男訳
女の一生　モーパッサン　杉捷夫訳
モーパッサン短篇選　高山鉄男編訳
地獄の季節　ランボオ　小林秀雄訳
にんじん　ルナアル　岸田国士訳
ぶどう畑のぶどう作り　ルナアル　岸田国士訳
博物誌　ルナール　辻昶訳
ジャン・クリストフ 全四冊　ロマン・ローラン　豊島与志雄訳
ベートーヴェンの生涯　ロマン・ロラン　片山敏彦訳
ミケランジェロの生涯　ロマン・ロラン　高田博厚訳
フランシス・ジャム詩集　手塚伸一訳
三人の乙女たち　フランシス・ジャム　手塚伸一訳
背徳者　アンドレ・ジイド　川口篤訳
続コンゴ紀行 —チャド湖より還る　アンドレ・ジイド　杉捷夫訳

レオナルド・ダ・ヴィンチの方法　ポール・ヴァレリー　山田九朗訳
精神の危機 他十五篇　ポール・ヴァレリー　恒川邦夫訳
若き日の手紙　フィリップ　外山楢夫訳
朝のコント　フィリップ　淀野隆三訳
海の沈黙・星への歩み　ヴェルコール　河野與一・加藤周一訳
地底旅行　ジュール・ヴェルヌ　朝比奈弘治訳
八十日間世界一周　ジュール・ヴェルヌ　鈴木啓二訳
海底二万里 全二冊　ジュール・ヴェルヌ　朝比奈美知子訳
プロヴァンスの少女（ミレイユ）　ミストラル　杉冨士雄訳
結婚十五の歓び　新倉俊一訳
パリの夜 —革命下の民衆　レチフ・ド・ラ・ブルトンヌ　植田祐次編訳
シェリ　コレット　工藤庸子訳
シェリの最後　コレット　工藤庸子訳
生きている過去　レニエ　窪田般彌訳
ノディエ幻想短篇集　篠田知和基編訳
フランス短篇傑作選　山田稔編訳
シュルレアリスム宣言・溶ける魚　アンドレ・ブルトン　巖谷國士訳

## 《東洋文学》〔赤〕

王維詩集 小川環樹・都留春雄・入谷仙介 選訳
杜甫詩選 黒川洋一編
李白詩選 松浦友久編訳
蘇東坡詩選 小川環樹・山本和義 選訳
陶淵明全集 全二冊 松枝茂夫・和田武司 訳注
唐詩選 全三冊 前野直彬注解
完訳 三国志 全八冊 小川環樹・金田純一郎 訳
完訳 水滸伝 全十冊 吉川幸次郎・清水茂 訳
西遊記 全十冊 中野美代子訳
菜根譚 洪自誠 今井宇三郎訳注
浮生六記 —浮生夢のごとし 沈復 松枝茂夫訳
阿Q正伝・狂人日記 他十二篇 (吶喊) 魯迅 竹内好訳
家 全二冊 巴金 飯塚朗訳
寒い夜 巴金 立間祥介訳
駱駝祥子 —らくだのシアンツ 老舎 立間祥介訳
新編 中国名詩選 全三冊 川合康三編訳
遊仙窟 張文成 今村与志雄訳
聊斎志異 全二冊 蒲松齢 立間祥介編訳
李商隠詩選 川合康三選訳
白楽天詩選 全二冊 川合康三訳注
文選 全六冊(既刊五冊) 川合康三・富永一登・釜谷武志・和田英信・浅見洋二・緑川英樹 訳注
タゴール詩集 (ギーターンジャリ) タゴール 渡辺照宏訳
マハーバーラタ ナラ王物語 —ダマヤンティー姫の数奇な生涯 鎧淳訳
バガヴァッド・ギーター 上村勝彦訳
朝鮮民謡選 金素雲訳編
尹東柱詩集 空と風と星と詩 金時鐘編訳
アイヌ神謡集 知里幸惠編訳
アイヌ民譚集 付 えぞおばけ列伝 知里真志保編訳

## 《ギリシア・ラテン文学》〔赤〕

ホメロス イリアス 全二冊 松平千秋訳
ホメロス オデュッセイア 全二冊 松平千秋訳
イソップ寓話集 中務哲郎訳
アンティゴネー ソポクレース 中務哲郎訳
ソポクレス オイディプス王 藤沢令夫訳
ヒッポリュトス —パイドラーの恋 エウリーピデース 松平千秋訳
バッカイ —バッコスに憑かれた女たち エウリーピデース 逸身喜一郎訳
ヘシオドス 神統記 廣川洋一訳
アリストパネース 蜂 高津春繁訳
女の議会 アリストパネース 村川堅太郎訳
アポロドーロス ギリシア神話 高津春繁訳
黄金の驢馬 アープレーイユス 呉茂一・国原吉之助 訳
アベラールとエロイーズ 愛の往復書簡 沓掛良彦・横山安由美 訳
オウィディウス 変身物語 全二冊 中村善也訳
ギリシア奇談集 アイリアノス 松平千秋・中務哲郎 訳
ギリシア・ローマ神話 付 インド・北欧神話 ブルフィンチ 野上弥生子訳
ギリシア・ローマ名言集 柳沼重剛編
ローマ諷刺詩集 ペルシウス・ユウェナーリス 国原吉之助訳
内乱 —パルサリア 全二冊 ルーカーヌス 大西英文訳

## 《南北ヨーロッパ他文学》〔赤〕

- ダンテ 新生 ― 山川丙三郎訳
- 抜目のない未亡人 ― ゴルドーニ 平川祐弘訳
- 珈琲店・恋人たち ― ゴルドーニ 平川祐弘訳
- 夢のなかの夢 ― タブッキ 和田忠彦訳
- カヴァレリーア・ルスティカーナ 他十一篇 ― G・ヴェルガ 河島英昭訳
- ルネッサンス巷談集 ― フランコ・サケッティ 杉浦明平訳
- むずかしい愛 ― カルヴィーノ 和田忠彦訳
- カルヴィーノ アメリカ講義 ―新たな千年紀のための六つのメモ ― 米川良夫 和田忠彦訳
- まっぷたつの子爵 ― カルヴィーノ 河島英昭訳
- 魔法の庭・空を見上げる部族 他十四篇 ― カルヴィーノ 和田忠彦訳
- 愛神の戯れ ―牧歌劇『アミンタ』 ― トルクァート・タッソ 鷲平京子訳
- タッソ エルサレム解放 ― A.ジュリアーニ編 鷲平京子訳
- わが秘密 ― ペトラルカ 近藤恒一訳
- ペトラルカ 無知について ― 近藤恒一訳
- 美しい夏 ― パヴェーゼ 河島英昭訳
- 流刑 ― パヴェーゼ 河島英昭訳
- 祭の夜 ― パヴェーゼ 河島英昭訳
- 月と篝火 ― パヴェーゼ 河島英昭訳
- ウンベルト・エーコ 小説の森散策 ― 和田忠彦訳
- バウドリーノ 全二冊 ― ウンベルト・エーコ 堤康徳訳
- タタール人の砂漠 ― ブッツァーティ 脇功訳
- 七人の使者・神を見た犬 他十三篇 ― ブッツァーティ 脇功訳
- ラサリーリョ・デ・トルメスの生涯 ― 会田由訳
- ドン・キホーテ 前篇 全三冊 ― セルバンテス 牛島信明訳
- ドン・キホーテ 後篇 全三冊 ― セルバンテス 牛島信明訳
- セルバンテス短篇集 ― 牛島信明編訳
- 恐ろしき媒 ― ホセ・エチェガライ 永田寛定訳
- 作り上げた利害 ― ベナベンテ 永田寛定訳
- エスピノーサ スペイン民話集 ― 三原幸久編訳
- エル・シードの歌 ― 長南実訳
- 娘たちの空返事 他一篇 ― モラティン 佐竹謙一訳
- プラテーロとわたし ― J.R.ヒメーネス 長南実訳
- オルメードの騎士 ― ロペ・デ・ベガ 長南実訳
- 父の死に寄せる詩 ― ホルヘ・マンリーケ 佐竹謙一訳
- サラマンカの学生 他六篇 ― エスプロンセーダ 佐竹謙一訳
- セビーリャの色事師と石の招客 他一篇 ― ティルソ・デ・モリーナ 佐竹謙一訳
- ティラン・ロ・ブラン 全四冊 ― J・マルトゥレイ M・J・ダ・ガルバ 田澤耕訳
- 完訳アンデルセン童話集 全七冊 ― 大畑末吉訳
- 即興詩人 全二冊 ― アンデルセン 大畑末吉訳
- 絵のない絵本 ― アンデルセン 大畑末吉訳
- ヴィクトリア ― クヌート・ハムスン 冨原眞弓訳
- フィンランド叙事詩 カレワラ 全二冊 ― リョンロット編 小泉保訳
- イプセン 人形の家 ― 原千代海訳
- イプセン ヘッダ・ガーブレル ― 原千代海訳
- 令嬢ユリェ ― ストリントベルク 茅野蕭々訳
- ポルトガリヤの皇帝さん ― ラーゲルレーヴ イシガオサム訳
- アミエルの日記 全四冊 ― 河野与一訳
- クオ・ワディス 全三冊 ― シェンキェーヴィチ 木村彰一訳
- おばあさん ― ニェムツォヴァー 栗栖継訳
- 山椒魚戦争 ― カレル・チャペック 栗栖継訳

ロボット（R・U・R）　チャペック　千野栄一訳
尼僧ヨアンナ　イヴァシュキェヴィッチ　関口時正訳
牛乳屋テヴィエ　ショレム・アレイヘム　西成彦訳
完訳 千一夜物語 全十三冊　豊島与志雄　渡辺一夫　佐藤正彰　岡部正孝　訳
ルバイヤート　オマル・ハイヤーム　小川亮作訳
ゴレスターン　サアディー　沢英三訳
アブー・ヌワース アラブ飲酒詩選　塙治夫編訳
中世騎士物語　ブルフィンチ　野上弥生子訳
コルタサル短篇集 悪魔の涎・追い求める男 他八篇　木村榮一訳
遊戯の終わり　コルタサル　木村榮一訳
秘密の武器　コルタサル　木村榮一訳
ペドロ・パラモ　ファン・ルルフォ　杉山晃　増田義郎訳
燃える平原　ファン・ルルフォ　杉山晃訳
伝奇集　J・L・ボルヘス　鼓直訳
創造者　J・L・ボルヘス　鼓直訳
続審問　J・L・ボルヘス　中村健二訳
七つの夜　J・L・ボルヘス　野谷文昭訳

詩という仕事について　J・L・ボルヘス　鼓直訳
汚辱の世界史　J・L・ボルヘス　中村健二訳
ブロディーの報告書　J・L・ボルヘス　鼓直訳
アレフ　J・L・ボルヘス　鼓直訳
語るボルヘス ―書物・不死性・時間ほか　J・L・ボルヘス　木村榮一訳
20世紀ラテンアメリカ短篇選　野谷文昭編訳
フエンテス短篇集 アウラ・純な魂 他四篇　木村榮一訳
グアテマラ伝説集　M・A・アストゥリアス　牛島信明訳
緑の家 全二冊　バルガス＝リョサ　木村榮一訳
密林の語り部　バルガス＝リョサ　西村英一郎訳
ラ・カテドラルでの対話　バルガス＝リョサ　旦敬介訳
弓と竪琴　オクタビオ・パス　牛島信明訳
失われた足跡　カルペンティエル　牛島信明訳
やし酒飲み　エイモス・チュツオーラ　土屋哲訳
薬草まじない　エイモス・チュツオーラ　土屋哲訳
ジャンプ 他十一篇　ナディン・ゴーディマ　柳沢由実子訳
マイケル・K　J・M・クッツェー　くぼたのぞみ訳

キリストはエボリで止まった　カルロ・レーヴィ　竹山博英訳
クァジーモド全詩集　河島英昭訳
ウンガレッティ全詩集　河島英昭訳
冗談　ミラン・クンデラ　西永良成訳
小説の技法　ミラン・クンデラ　西永良成訳
世界イディッシュ短篇選　西成彦編訳

## 《ロシア文学》〔赤〕

オネーギン　プーシキン　池田健太郎訳
スペードの女王・ベールキン物語　プーシキン　神西清訳
狂人日記 他二篇　ゴーゴリ　横田瑞穂訳
外套・鼻　ゴーゴリ　平井肇訳
日本渡航記 —フレガート「パルラダ」号より　ゴンチャロフ　井上満訳
平凡物語 全二冊　ゴンチャロフ　井上満訳
ルーヂン　ツルゲーネフ　中村融訳
初恋　ツルゲーネフ　米川正夫訳
ツルゲーネフ散文詩　神西清　池田健太郎訳
オブローモフ主義とは何か? 他一篇　ドブロリューボフ　金子幸彦訳
貧しき人々　ドストイエフスキイ　原久一郎訳
二重人格　ドストエフスキー　小沼文彦訳
罪と罰 全三冊　ドストエフスキー　江川卓訳
白痴 全二冊　ドストエーフスキイ　米川正夫訳
カラマーゾフの兄弟 全四冊　ドストエーフスキイ　米川正夫訳
釣魚雑筆　アクサーコフ　貝沼一郎訳

アンナ・カレーニナ 全三冊　トルストイ　中村融訳
幼年時代　トルストイ　藤沼貴訳
戦争と平和 全六冊　トルストイ　藤沼貴訳
トルストイ民話集 人はなんで生きるか 他四篇　中村白葉訳
トルストイ民話集 イワンのばか 他八篇　中村白葉訳
イワン・イリッチの死　トルストイ　米川正夫訳
光あるうちに光の中を歩め　トルストイ　米川正夫訳
クロイツェル・ソナタ　トルストイ　米川正夫訳
復活 全二冊　トルストイ　藤沼貴訳
人生論　トルストイ　中村融訳
生ける屍　トルストイ　米川正夫訳
かもめ　チェーホフ　浦雅春訳
桜の園　チェーホフ　小野理子訳
六号病棟・退屈な話 他五篇　チェーホフ　松下裕訳
シベリヤの旅 他三篇　チェーホフ　神西清訳
チェーホフ妻への手紙 全二冊　湯浅芳子訳
ともしび・谷間 他七篇　チェーホフ　松下裕訳

サーニン 全二冊　アルツィバーシェフ　中村白葉訳
どん底　ゴーリキイ　中村白葉訳
芸術におけるわが生涯 全三冊　スタニスラフスキー　蔵原惟人　江川卓訳
魅せられた旅人　レスコーフ　木村彰一訳
かくれんぼ・毒の園 他五篇　ソログープ　中山省三郎　昇曙夢訳
ベリンスキー ロシヤ文学評論集 全二冊　除村吉太郎訳
われら　ザミャーチン　川端香男里訳
巨匠とマルガリータ 全二冊　ブルガーコフ　水野忠夫訳
イワーン・イワーノヰッチとイワーン・ニキーフォロヰッチとが喧嘩をした話　ゴーゴリ　原久一郎訳

## 岩波文庫の最新刊

ネルヴァル作／野崎歓訳

**火の娘たち**

珠玉の短篇「シルヴィ」ほか、小説・戯曲・翻案・詩を一つに編み上げた作品集。過去と現在、夢とうつつが交錯する、幻想の作家ネルヴァルの代表作を爽やかな訳文で。

〔赤五七五-二〕　本体一二六〇円

J・S・ミル著／関口正司訳

**自由論**

大衆の世論やエリートの専制によって個人が圧殺される事態を憂慮したミルは、自由に対する干渉を限界づける原理を示す。自由を論じた名著の明快かつ確かな新訳。

〔白一一六-六〕　本体八四〇円

安部公房作

**けものたちは故郷をめざす**

敗戦後、満州国崩壊の混乱の中、少年はまだ見ぬ故郷・日本をめざす。人間の自由とは何かを問い掛ける安部文学の初期代表作。（解説＝リービ英雄）

〔緑二一四-一〕　本体七四〇円

……今月の重版再開……

酒本雅之訳

**エマソン論文集**（上）（下）

〔赤三〇三-一・二〕　本体各九七〇円

朱牟田夏雄訳

**ミル自伝**

〔白一一六-八〕　本体九〇〇円

カルヴィーノ作／和田忠彦訳

**パロマー**

〔赤七〇九-四〕　本体五八〇円

定価は表示価格に消費税が加算されます　2020.3

## 岩波文庫の最新刊

オルテガ・イ・ガセット著／佐々木孝訳
### 大衆の反逆
スペインの哲学者が、使命も理想も失った「大衆」の時代を痛烈に批判した警世の書（一九三〇年刊）。二〇世紀の名著の決定版を達意の翻訳で。（解説＝宇野重規）
〔白二三一一一〕 本体一〇七〇円

シェイクスピア作／喜志哲雄訳
### から騒ぎ
互いに好意を寄せながら誤解に陥る二人と、いがみ合いながら惹かれる二人。対照的な恋の行方を当意即妙の台詞で描く。その躍動感を正確に伝える新訳。
〔赤二〇五一一〇〕 本体六六〇円

下村湖人作
### 次郎物語（一）
大人の愛をほしがる子どもにすぎない次郎が、つらい運命にたえながら成長する姿を深く見つめて描く不朽の名作。愛情とは何か、家族とは何か？（全五冊）
〔緑二二五一一〕 本体八五〇円

……今月の重版再開……

小野寺健編訳
### オーウェル評論集
〔赤二六二一一〕 本体九七〇円

コンスタン作／大塚幸男訳
### アドルフ
〔赤五二五一一〕 本体五二〇円